若さま同心　徳川竜之助【四】

陽炎の刃

風野真知雄

双葉文庫

目次

陽炎《かげろう》の刃

若さま同心　徳川竜之助

序　章　秘伝の家

「風鳴《ふうめい》の剣が敗れただと……？」

柳生清四郎《やぎゆうせいしろう》は、沖の海を見たまま訊《き》いた。波はそれほど高くはなかったが、強い風にあおられて、波頭は煙のように千切れている。いかにも寒々とした光景だった。

「あの者は無事に出て行ったのです。そうとしか考えられません」

と、やよいはうつむいたまま言った。

「若はなんと？」

「いえ、なにも」

訊いてもいない。ほんの一時期のことだが、徳川竜之助《とくがわりゆうのすけ》にとっては育ての母ともいうべきまさ江《え》の死に打ちひしがれている。とても勝負のことを問いただせる雰囲気ではなかった。

「なにが起きたのだ。くわしく話してくれ」

「はい……」

やよいは、清四郎の目を見返し、うなずいた。

二人の対決は前夜のことである。

徳川竜之助は、柳生の里からの刺客、柳生全九郎《ぜんくろう》が待つ長屋におびき出された。そこは三軒長屋に偽装していたが、あいだの板壁をはずせば頑丈なつくりの道場になるのだった。

隙間なく閉ざされた空間である。風はそよとも吹かない。流れない。よどむばかり。

徳川竜之助が自ら称するところの葵新陰流《あおいしんかげりゅう》の〈風鳴の剣〉は、船が向かい風に帆を立てて前に進む原理を使った秘剣である。剣に風の力が呼びこまれ、一寸ほど早く敵に斬りこむ。わずかな風でもいいという。だが、まったく風がなければ、秘剣たりえない。

「なるほど。屋内での戦いを強いられ、風を呼びこむことができなかったわけか」

竜之助の師である柳生清四郎は、ゆっくりうなずいた。十三の少年が自ら考えたものだとしたら、信じられないほどの奸知《かんち》だった。

「すなわち、敗れたということでございましょう」

「それはどうかな」

「清四郎さまは、敗れてはいないとお思いなのですね」

「おそらくな……」

と言って、清四郎は海辺で剣を振る三人の少年に目をやった。厳しかった目がやさしさをはらんだ。

ここは深川《ふかがわ》の先、海辺新田《うみべしんでん》の近くである。柳生清四郎の住まいはしばしば移り変わるが、いまは海岸に近いこの丘に、漁師が海苔《のり》小屋にするような粗末な家を建てて住んでいた。

三人の子に剣を教えている。

いちばん上の佐吉《さきち》は十五歳になった。

上半身だけを見ると肩が細く頼りなさげだが、下半身は鍛えているせいもあってしっかりしている。いかにも利発そうで、実際、書物を読むのも大好きだという。

次の新蔵《しんぞう》は十三歳というから、柳生全九郎と同じ歳である。だが、全九郎よりふた回りほどは大きく、充分、おとなの身体をしている。また、向こうっ気も強いらしく、いかにも生意気そうな顔をしている。もしも剣を学ばなかったら、大人がもてあますような子どもであったかもしれない。

そして、いちばん歳が若い良太郎《りょうたろう》が十一歳だという。頬などふっくらして、少年というより顔には幼児の面影すら漂うのだが、しかし、身体のきれは年上のふたりと比べても、勝るとも劣らない。

三人はいずれも柳生清四郎の実子ではない。良太郎だけは甥に当たるそうだが、あとの二人に血のつながりはない。諸国をめぐり、身体のきれがよい子どもを探し出し、養子として引きとった。

おのれの血に固執《こしつ》すると、血は必ず衰える。それは柳生清四郎がつねづね言ってきたことだった。

剣でも学問でも、あるいは商いの才でも、先代を超えつづけていくのは容易ではない。逆に、同じ位置、同じ力量でよしとしたとき、すでに衰退が始まっているという。それくらい、ひとつのことを伝えつづけていくのは困難なことなのだ。

柳生清四郎の家は代々、独自の新陰流と風鳴の剣を一子相伝のかたちでつたえつづけていかなければならないのである。

しかも、清四郎は将軍家の子どもにも目を配っている。すでに徳川竜之助の次にこの柳生の秘剣をつたえる相手を探しはじめているはずである。

一方――。

やよいの家は、江戸柳生の家と行動をほぼ一にしているが、出身自体は柳生一族ではない。もとは伊賀《いが》の忍びの一族だった。それが、三代家光《いえみつ》の時代に、将軍家の新陰流の伝承を見守り、それを補佐するという使命を与えられた。こちらは男子に限らず、しばしば女の忍者――すなわちくノ一がその任にあたってきたという。

このため、当代ではやよいが徳川竜之助を側面から援護している。

「とぁっ」

「たぁ」

「えいっ」

三人の子は、冷たい潮風に向かって、剣を振りつづけている。裸足の子もいれば、素足にわらじを履いただけの子もいる。三人とも、足を潮につけることを厭《いと》ってはいない。それどころか、勢い余ってどんどん波の中に入っていきそうである。

「よし、そうだ。だいぶ、うまくなったぞ。疲れただろう。だが、ここであと五十本、風を切ってみることで、風鳴の剣の完成はぐっと近づくぞ」

清四郎は教え方が巧みである。

相手に目標を与え、それに到達する喜びを味わわせつつ、鍛えていくのである。徳川竜之助も同じように、清四郎によって剣の腕を高められてきた。窮屈すぎてつらかったであろう少年時代が、剣の修行によって助けられた部分も少なくなかったのだ。

少年たちの剣の動きがゆっくりになった。

それぞれ構えはちがうが、刃をいくらか寝かせるようにして、風の方向を探っているのだ。

やがて、ひゅううという音が響き始めた。

じっさいの海風よりも悲しい音だった。これはやはり、人が立てる音だった。こんな少年たちにはふさわしい音ではなかった。少年たちはこの音に、悲しみを感じているのだろうか。だとしたら、この秘剣を学ぶうちに、少年たちの心はあまりにも重苦しい色に塗りこめられてしまうのではないか。

だが、ここまではある技量に達するとなんとかできるようになるらしい。ここからなのだ。ここから完成にたどりつくには、凄《すさ》まじい努力とたぐいまれな天分が必要なのだ。

秘剣の完成がどういうときに訪れるものなのか、やよいは知らない。

ある日、突然、やってくるものなのか。あるいは山の頂上を究めるように徐々に近づくものなのか。

竜之助はこの少年たちと同じころに始め、完成したのは二十二のときであったという。この少年たちはこの先、どれくらい剣を振りつづけることになるのか。どれほど自分との戦いに勝利しつづけなければならないのか。

「のう。そなたは柳生全九郎のこと、奇妙とは思わぬか？」

少年たちの動きを見ていたやよいは、清四郎の問いにはっとなった。

「どういうことでしょう？」

「広々とした空間を怖がるという性癖《くせ》は、あまりにも風鳴の剣と呼応しすぎているとは思わぬか？」

やよいはしばし思案をめぐらした。

思ってもみないことだった。

「そういえば、そうですが。しかし、それは偶然というものでしょう」

「いや、偶然ではない」

と、清四郎はうっすら笑みさえ浮かべて言った。

「偶然ではないとはどういうことでございましょう。まさか、全九郎の性癖がつくられたものだと？」

やよいは驚いて訊いた。

「そうだ」

「そんなことができるのでしょうか？」

「できるだろうな。物心のつかぬうちに幼子《おさなご》を広々とした空間に放り出す。歩いても歩いても自分を助ける者は現れない。恐怖が刻み込まれる」

「まあ……」

その光景を思い浮かべた。やよいの頭に浮かんだのは、砂浜のようなところだった。海は遠く、歩いても歩いても砂と空しか見えないところだった。そこを、幼子が泣きながら歩いていた。歩けば歩くほど、砂浜は広がり、空は高くなっていった――。

もしそれが本当だとしたら、なんと残酷な仕打ちであろう。剣を会得するうんぬんより先に、その子の心が壊れてしまうのではないだろうか。なんて恐ろしいことを思いつくのだろうか。

「そうして育った男がやがて剣を学べば、自然と風鳴の剣を破るべき剣法を身につけることになる」

「誰がそのような？」

「わからぬ。だが、大きな筋書きはある。もしかしたら柳生の里が書いているのかとも考えたが、ちがった」

「そうなのですか？」

「総帥の柳生月照斎《げっしょうさい》が全九郎によって斬られたらしい。だとすれば、それはありえないだろう」

それは、柳生全九郎とまさ江が、柳生の里を出る前夜のことだったという。弟子の上達ぶりを試した月照斎は、全九郎に敗れ、頭を割られて死んだ。しかも、その剣は風鳴の剣であったというらわさもあるらしい。

「たしかに……それにしても、新陰流というのは何と恐ろしい剣なのでしょう。人がまるで都合よく使い捨てにされるモノのようではありませんか」

「モノなのさ。あるいは駒。将棋の駒」

「ひどいものですね」

「なあに、わしもまた、駒の一つに過ぎぬだろうし」

「清四郎さままで？」

やよいは驚いて振り返った。

「わしはつくづく思ったのだが、風鳴の剣はやはり王者の剣なのだ。あの剣の前には、人間の気持ちなどというものは通用しない。あの剣を完成させるまでの苦闘をとってみても、当たり前の気持ちなど通じないことがわかるはずだ。しかも、このような時代に、竜之助さまが王者の剣を背負って生きていくことは、苦しみでしかないかもしれぬ」

「まあ……」

「さらに言えば、この時代になって王者の剣があれほどの遣い手を得たというのも、皮肉な因縁なのかもしれぬ……」

いつの間にか、少年たちは剣を下ろし、砂浜に手をついていた。

疲れ切ったというしぐさだった。しかし、どんなに疲れ切っても、すこし休めばまたたく間に回復する兆しを感じさせた。じっさい、良太郎などは砂に手を入れて、貝を掘り出しはじめている。

まだまだ子どもっぽいところを残した、愛すべき少年たちだった。

しかし、この子たちもやがて、一人だけが風鳴の剣の免許を得るという厳しい試練に直面することになるのだ。

同じ厳しい修行に耐えた友や兄弟たちを踏みつけるようにして勝ち残る——一子相伝にはそういう酷《むご》い面もある。伝えられる喜びだけではない。

「そういえば、柳生全九郎はどこに消えたのでしょうか？」

と、やよいは訊いた。

「もちろん、柳生の里にはもどるまいな。なにせ、月照斎を斬っている。もはや、流浪するしかあるまい」

「では、まだ江戸に……」

「おそらくな」

いかに恐るべき遣い手だったとしても、まだ十三歳の少年なのである。仲間と連れ立って町をほっつき歩いたり、買い食いをしたり、ふざけあったりして当然の年ごろなのだ。それがこうして修羅のような戦いに身を置かざるを得ない。これはこれで、哀れな事態ではないか。

「そして、機を見て、ふたたび襲ってくるぞ」

「はい」

やよいはうなずいた。だが、全九郎の性癖はすでに知った。こちらも、警戒することはできる。

「しかも、わしがつかんだところでは、肥前鍋島藩《ひぜんなべしま》が動き出したらしい」

江戸柳生家は、ほかの柳生一族から浮き上がった存在になっているが、それでもまったく疎遠になっているわけではない。他家の動向を知る人脈などは、いまだにしっかり摑《つか》んでいるのだ。

「今度は肥前新陰流ですか?」

やよいはうんざりしたように言った。

全九郎のことが決着していないのに、また新たな敵がやってくるというのか。

「手ごわいぞ、肥前は」

と、清四郎はつぶやいた。

「そうなのですか」

やよいは意外な顔をした。

肥前にはどちらかというと、文の国という印象を持っていた。

「あそこには鷲尾正兵衛《わしおせいべえ》という男がいる。素晴らしくできる。わしは若いころに立ち合った」

清四郎の顔が一瞬、懐かしげな表情をたたえた。

「どちらが？」

「一本ずつ取った。もう一本はやめておこうということになった」

「まあ。それほどの遣い手なので」

「痩《や》せて、ゆらりとして、向き合っているうち、なんだか陽炎《かげろう》のように見えてきたものさ」

清四郎自身も、痩せて小柄で、構えないかぎり剣の達人にはまず見えない。剣に限らず、いかにもそれらしい人に、一流の人を見たことがない――と、やよいは思った。

「まあ、まちがいなく、やつが来るだろうな」

と、清四郎は言った。懐かしげな表情は消えていき、悲愴さすら感じさせるものに変わった。

「なんと……」

やよいはしばらく考えていたが、

「それは、清四郎さまが戦うわけにはいかないのですか？」

と、訊いた。

清四郎は苦笑した。

いかにもおなごらしい発想だった。守るためなら何でもする。なりふり構わぬ庇護《ひご》。男は思いついてもなかなかそうは言えない。徳川竜之助のために、盾になれということなのである。

「あいにくだがそれはできぬのだ」

「なぜでしょうか」

やよいは口を尖らせた。

清四郎はそんなやよいをかわいらしく思ったが、

「襲いかかる危難は、若自身の力で切り抜けていかなければならぬ。それがあの方の宿命なのだ」

「宿命……」

徳川竜之助があれほど生きがいを感じつつ、一生懸命取り組んでいる同心の仕事。初めて見つけた自分の居場所。それ一筋にさせてあげない宿命は、なんと残酷なのだろうか。

せめて一年か二年、そっとしておいてくれないものだろうか。

「おかわいそうな若さま……」

やよいは、その憎たらしい宿命を睨《にら》みつけるように、遠い波濤《はとう》を見ながらそうつぶやいたのだった。

第一章　犬の辻斬り

一

「おいらがですか」

徳川――いや、奉行所における名は福川《ふくがわ》である――竜之助が驚いた声をあげると、同心部屋の先輩たちがどっと笑った。

「あっはっは……そりゃあ福川でなくとも驚くぜ」

「怒らないだけ福川は偉いな」

「矢崎《やざき》が若いときだったら、怒って帰ってしまったよ」

「そうそう。福川のほうが偉い」

みな、勝手なことを言っている。

ここは南町奉行所の門をぐぐったところの、すぐ左手にある同心部屋である。八畳と六畳のつづきの部屋になっていて、ここはおもに定町廻りや臨時廻り、隠密廻りといった町回りの同心たちが集《つど》うところである。

ここで、見習い同心を含めた定町廻りの同心たちは、朝の打ち合わせをおこなう。

世は乱れている。

京都はすでに騒乱のるつぼと化し、江戸にもぼちぼち飛び火してきている。

だが、町人を相手にしている奉行所の同心たちには、幕府の上層部のような切迫感はほとんどない。

よくいえば安定している。町人たちの治安の維持が優先と、落ち着いている。

悪くいえば、世の中の動きに無神経すぎる。

現にいまも――。

上等なお茶を飲み、うまい菓子をむさぼり食っている。今日のは、また特別豪華で金粉入りの饅頭《まんじゅう》である。

自称〈仏の大滝《おおたき》〉こと大滝治三郎《じさぶろう》だけは、ちと贅沢《ぜいたく》すぎるのではないかと小言めいたことは言うが、他はみな、当たり前のような顔で飲んだり食ったりしている。

この席で、竜之助は昨夜、持ち込まれた犬の辻斬り事件を担当せよと命じられたのである。

「い、犬の辻斬りですか……」

「犬の辻斬りといっても、犬がほかの犬を咬《か》み殺したり、刃物で斬りつけたりするわけではないぞ。犬が人間の辻斬りに斬り殺されたのだ」

「そんなことはわかりますよ」

「だったら、そう驚くほどのことはあるまい」

「ですが……」

竜之助だって暇にしているわけではない。早く江戸の町の隅々まで精通しようと、こまめに歩き回っては、町の連中に声をかけている。正直、犬にまで手は回らない。

「だが、そんな変な殺しは、お前しかやれぬだろうが」

と、命じた矢崎三五郎《さんごろう》が言った。

「そうそう。珍事件には福川を当てろというのが、いまや南の定番になりつつある」

隠密廻りの真壁欽蔵《まかべきんぞう》が笑いながら言った。

「まいったなあ」

竜之助は頭に手をあてた。

「なんだ、嫌か」

と、矢崎が訊《き》いた。

「いいえ。見習い同心に断わることなんかできっこありませんし」

「わかってるではないか」

また笑い声が満ちた。

「まあ、見習いというのはそういうものだ。わしなんか柿泥棒を三日ほど見張らされたこともあるし、張り込みに行って、先輩からつれて来たのを忘れられたことがある。ろうそく問屋の蔵の中に丸二日置き去りにされ、食うや食わずで、あやうく餓死するところだった」

仏の大滝がそう言うと、

「昔の先輩たちってえのは意地悪だったからなあ」

みな、若いころを思い出すような顔をした。

「それにしても、犬の辻斬りとは」

と、竜之助はつぶやいた。

「なあに、ただの犬なら奉行所で取り上げることはない。その犬が玉坂屋《たまさかや》の飼い犬だというからさ」

矢崎が饅頭の金粉を指で触りながら言った。

玉坂屋は日本橋通《にほんばしとおり》二丁目にある菓子屋である。そこで売っている玉坂饅頭は、江戸っ子なら誰でも知っている。

ただし、その騒ぎは本店ではなく、根岸《ねぎし》にあるあるじの別宅で起きた。この別宅に療養に来ていたひとり娘のおこうの飼い犬が斬り殺されたのである。

娘はひどく落胆し、立ち上がる気力も失った。なんとか下手人を見つけ出し、娘の鬱屈《うっくつ》をすこしでも晴らしていただきたい。

金力にものをいわせ、奉行所の与力あたりに依頼してきたらしい。

「そういうことですか」

竜之助は内心、ますます憤慨した。

「なんだ、この金粉饅頭も玉坂屋のものか」

と、別の同心もあきれたように言った。

玉坂饅頭は小豆《あずき》の粒々をはりつけた、もっと素朴な見かけである。こちらは身体に悪いのではないかと思えるほど、ぴかぴか光っている。

「そう、大名のご祝儀に使うやつだとさ」

「たかが犬斬りの調べの依頼に？」

「だが、元禄《げんろく》の生類憐《しょうるいあわれ》みの令のころなら、奉行所総動員で、下手人は打ち首獄門まちがいなしだぞ」

「それがいまの御世となると、罪を問えるのかね」

「どうかねえ」

みなの話が雑談のようになった。

だが、調べさせられるほうは、そんなのんきな気持ちではいられない。

「どうせ狆《ちん》なのでしょうね」

と、竜之助は諦めたように言った。

金持ちが飼う犬といえば、狆と相場が決まっている。あるいは、このところ異人たちが横浜《よこはま》の居留地に持ち込んできた犬の中には、垂れ下がったような顔をした恐ろしく醜い犬や、やたらと毛がふさふさして姫君のように高貴そうな犬などがいるらしい。

もしかしたら、そっちのたぐいかもしれない。

「まあ、とにかく話を聞いてきます」

「しっかりな」

「気を引き締めていけよ」

「犬も歩けば棒に当たるぞ」

「あっはっは……」

笑い声に送られて竜之助は同心部屋を出た。

二

岡っ引きの文治《ぶんじ》といっしょに大通りを北に歩いて行く。

竜之助の足取りは闊達《かったつ》である。柳生全九郎との対決から、十日あまり経った。まさ江の死は衝撃だったが、大海寺《たいかいじ》に墓をつくってもらって、ずいぶん気持ちが軽くなった。

大海寺なら、しばしば手を合わせることができる。現に昨日も、町回りの途中で立ち寄って、線香を手向《たむ》けてきた。

こちらから向かう根岸の里は、上野《うえの》の寛永寺《かんえいじ》の裏っかたである。金杉村《かなすぎむら》の一画に、裕福な町人たちの別宅が点在している。江戸の端っこだから、歩けばずいぶんある。それだけでも先輩たちは嫌がりそうな事件である。

中橋広小路《なかはしひろこうじ》、通《とおり》四丁目、通三丁目と進む。江戸の目抜き通りである。松は明けたが、どことなく正月気分が残っている。

門松や注連《しめ》飾りが残っているわけではない。だから、それは新しい年を迎えての誓いや希望が、まだ踏みつけられたり薄汚れたりせず残っている、そういう人々の気持ちから滲《にじ》み出る雰囲気なのかもしれなかった。

歩きながら、今日の件をざっと文治に話した。

「犬ですかい、殺されたのは？」

文治もあきれた。

「そうさ」

「金持ちのわがままですかね」

「そんなに金持ちなのかい？」

「そりゃあね。ああいうところは、店で直接売る量も凄《すご》いですが、注文をもらって直接届ける量も凄いんです。だから、儲けは目に見えるよりも莫大ですよ」

「なるほどな」

「商人にも、奉行所とは適当に距離を置いて付き合う者もいれば、やたらと近づきたがる者もいます。玉坂屋などは後者で、しばしば差し入れをしてくれるだけでなく、与力や同心の何人かとも懇意になさっているはずですよ」

「ふうん」

と、竜之助は不満げな顔をした。町人たちのため、身を粉にして働くつもりだが、特定の町人に優先して便宜《べんぎ》を働くつもりはない。

ちょうど通二丁目の玉坂屋の前に差しかかった。いまは、立ち寄るつもりはない。

それにしても、大きな店構えである。間口は十間（約十八メートル）を超すだろう。十人ほどの手代《てだい》や小僧が、そろいの前掛けをして、忙しそうに立ち働いている。

土地にゆとりがあるらしく、店のわきの荷車置き場も広々としている。

「たいしたもんだね」

と、竜之助は感心し、

「だが、いくら大きいとはいえ菓子屋だろ。奉行所なんぞと付き合ったって、たいして得るものもねえだろうが」

「ま、どういう思惑があるのかはわかりませんがね」

「とはいえ、やはり馬鹿にはできないかもしれねえな。犬を斬るので慣れてから、人の辻斬りにかかるというのも考えられるからな」

「ああ、たしかに」

「あのあたりで、最近、辻斬りは出てねえのか」

「出てませんね。品川《しながわ》近辺はともかく、日本橋からこっちは穏やかなものです」

と、文治が自慢げに言った。治安がいい理由のいくらかは、神田《かんだ》の文治親分の威勢がものを言っているからだと言わんばかりである。

「それにしても、そこらの犬なら調べないが、豪商の犬だから調べろというのは問題だよな……。もっとも、そういう犬だから、そこに特別な思惑がひそんでいるのかもしれねえしな……」

竜之助がつぶやきながら歩いていると、

「あ、福川さま。お寿司の親分……」

ちょうど日本橋に足をのせたところで、瓦版屋のお佐紀《さき》と出会った。

お寿司の親分というのは、文治のことである。文治の実家は神田旅籠町《はたごちょう》で寿司屋をしている。文治はあとを継ぐより町方の手伝いがいいと、こうしていまのところは岡っ引きをやっている。

「おい、お佐紀。寿司の親分はよせって言ってるだろ」

「見回りですか？」

「いや、ちっと根岸のほうに犬の辻斬りが出たんでね」

と、竜之助が冗談めかして言った。

「あ、それって玉坂屋の犬ですか？」

「なんだ、もううわさになってるのかい？」

竜之助と文治は、呆《あき》れて顔を見合わせた。

「ちがうんです。その玉坂屋のおこうちゃんていうんですが、あたしの幼なじみで、いっしょに三味線《しゃみせん》や踊りを習った仲なんです」

「お佐紀ちゃんが、三味線や踊りを？」

と、竜之助は訊いた。お佐紀の性格や好みは、あまり芸事とは結びつかない感じがする。

「おっかさんが好きで、無理にやらされたんです。あたしもおこうちゃんも長つづきしませんでしたけどね。それより犬の件ですが、斬られたのは、一昨日の夜のことでした。昨日の朝、あたしが瓦版屋をしてるので、腕のいい同心さまに下手人探しを直接、頼めないものかって言ってきたんです。殺された犬のためにも、せめて下手人を見つけてやりたいって」

「まさか、敵討《かたきう》ちをしたいなんてんじゃ？」

「そこまでは思わないでしょう。でも、文句のひとつも言ってやりたいんでしょうね」

そんな気持ちはわかる。

「夕べ、玉坂屋からも直接、頼みにきたらしいぜ」

「ああ、じゃあ、あたしが昨日の午後は忙しかったもので、待ちきれずにおとっつぁんに頼んだんでしょうね。おこうちゃん、せっかちなところがあるから。そういうわけで、これから福川さまに相談に行こうと思ってたの」

「そうか。どっちにせよ、関わる羽目になったわけか」

「凄い美人よ」

と、お佐紀が竜之助の顔をのぞきこんだ。

「へえ」

気になったが、何食わぬ顔をする。

「ちょっと、いや、かなり気が強いけど」

「気が強いのはお佐紀もいっしょじゃねえか」

と、文治がからかった。

「それと……あ、いいか」

お佐紀は出かかった言葉を飲み込んだ。

「どうしたい？」

と、竜之助が訊いた。

「ううん、いいの。余計なことは言わない」

と、話を切り上げた。

なにか、ありそうである。じつは、おこうちゃんというのはろくろっ首かもしれない。

「ま、いいや。お佐紀ちゃんもいっしょに根岸の里に行こう」

と言ったとき、竜之助の足が止まった。

――ん？

路上で強い視線を感じた。殺気とまではいかないが、こちらの一挙手一投足まで見極めようというような鋭い視線である。

初めてではない。この数日、何度かあった。

指先をこすり合わせるようにし、小さく足踏みを始める。身体を動かさずにいられない。寒さでかじかんだ指先や筋肉のこわばりをほどき、どんな動きにも対応できるよう、無意識のうちに準備を整えているのだ。

だが、その視線がすうっと消えた。

——なんだったのか。

視線のかわりに、騒ぎが聞こえてきた。

橋の中ほどで喧嘩《けんか》が始まったらしい。

町人たちも武士の世界が騒然としてきている影響で、いくらか殺気立っているのか。しかし、たいがいはどこ吹く風だと見くびっている。どうせ上が変わってもたいした違いはないと。

竜之助は上が変わると影響も大きいのにとは思うが、そっちには関わる気はない。どうなっても下のほうの平安のために働きたい。

ただ、町人の中にも先走る連中がつい浮き足立って、喧嘩っぱやくなる傾向も出てきている。

「やっちまえ、そこだ」

「負けるな、小僧」

「医者を呼べ、誰か倒れた」

「刺されたかしたのか？」

「ちがう。止めに入った武士の急病だ」

「まずは分けろ、分けろ」

みんなが勝手にわめくので、何がなんだかわからない。

竜之助たちもいちおう仲裁の助けをしたが、ここは駆けつけてきた橋番や町役人たちにまかせることにした。

三

根岸の里は、冬枯れた景色の中に、独特の風情をたたえていた。発句《ほっく》のひなびた世界が、そのままかたちになったようである。

四季折々に風情はあるが、ここはとくに鶯《うぐいす》の鳴くころがもっとも人気があるらしい。

「ほんとか嘘か知りませんが、ここの鶯の喉は格別らしいんで」

と、文治が言った。

「まあ、文人が多く住んでますからね。あの連中はなんでもおおげさに書きますから」

「こんな話、知ってますか？」

と、お佐紀が言った。

「なんでも発句をつくるときに、何も思い浮かばないときは、下に、根岸の里の侘《わ》び住まい、とつければ、どうにか格好がつくのだそうです」

「どれどれ……」

と、竜之助は試してみた。

雪深し根岸の里の侘び住まい
寝正月根岸の里の侘び住まい
蕗《ふき》の薹《とう》根岸の里の侘び住まい

「ほんとだ。こいつはいいや。これならいくらでも発句がつくれるな」

竜之助が感心すると、お佐紀は噴き出した。

「あそこです。おこうちゃんの別宅は」

お佐紀が指差した玉坂屋の別宅は小さな川のほとりにあり、料亭と言われてもおかしくないような二階建ての家だった。敷地は広く、竜之助の役宅の三倍近い二百坪ほどはありそうで、道に接するほうは低い竹垣になっている。

「おこうちゃん、いる？」

外からお佐紀が声をかけると、すぐに戸が開いて、若い娘が出てきた。疲れて腫《は》れぼったい顔をしている。

「この方が南町奉行所の福川さま」

「まあ、捕り物の名人だって、お佐紀ちゃんから聞きました」

と、顔を輝かせた。

中に入れと勧めるのを断わって、竜之助は庭で話を訊くことにした。広い庭だがそう凝《こ》ったつくりではなく、芝が一面に植えられているだけである。その芝もいまは枯れて雑草と変わりがない。

「具合はいいのかい？　療養に来てるって聞いたけど」

「ええ。そっちはたいしたことはなくて、風邪をこじらせただけなんです。もともとここには爺やがいるし、お店からも手代がひとり来たんですが、それでも寂しくてちょびをこっちに連れてきたんです」

「ちょび？」

「はい。犬の名前です。ご飯をちょびっとしか食べないので、つけた名前でした。それがあんなことになって。こんなとこに連れてこなければよかった。かわいそうに……」

泣きそうになったが、唇を嚙んで我慢したようだった。

「ご飯食べてないんでしょ？」

と、お佐紀が訊いた。

「だって、喉を通らないんだもの」

「そうだよね」

と、お佐紀もうなずいた。

泣きすぎて、鼻は赤く、目が腫れぼったい。それでも、整った目鼻立ちはうかがえるほどである。

「犬が殺されたときのことを聞かせてくれるかい？」

と、竜之助は訊いた。

「はい。夜はいつもわたしの布団で寝るのですが、夕方までは家の周りを勝手に駆けまわらせているんです。そろそろ雨戸を閉めるころになって、名前を呼びました。ちょび、おいでって。ちょっと前まで駆けまわっている気配はあったのですが、もどってこないので庭を探しましたら、そこのところで……」

と、庭の隅を指差した。

「ここらだね」

外の通り沿いである。あいだの生垣はそう高くないので、外の道からでも刀の切っ先を届かせることはできる。

「見つけたときは、ぺたってなっていて、ちょび、ちょびっていくら呼んでも動かなくて、いつもならすぐに尻尾《しっぽ》ふって寄ってくるのに……」

今度は我慢しきれずに泣き出した。

お佐紀が隣で肩を抱いてやる。

「すっかり冷たくなってて……」

「冷たかった？」

小さな生きものは冷たくなるのも早いのか。それにしても早すぎる気がする。

「犬の死骸はどうしたい？」

「そこの庭に埋めました」

丸い石が置いてあり、かわいいというのも変だが、人間のものよりこぶりな卒《そ》塔《と》婆《ば》も立ててあった。

地面は凍りつくくらいである。この寒さだと遺骸はそう傷んでいないのではないか。

「斬り口を確かめたいんだがね？」

と、竜之助は言った。

「というと？」

「掘り返したいんだ」

おこうは驚いたが、承知してくれた。

爺やたちにも手伝わせて、墓を掘り返した。

「傷つけないように掘ってあげて」

おこうは心配げに声をかけてくる。

まもなくうつぶせになった白と黒の遺骸があらわれた。異人たちが近ごろ持ち込んできているというおかしな犬ではなかった。すでに見慣れた狆だった。

おこうは墓から離れてこっちを見ていたが、遺骸が出たのがわかると、うずくまって声を上げて泣いた。

遺骸を一目見て、

「ほう」

と、竜之助は言った。

見事な斬り口だった。ただ一刀で急所だけを断ち切っている。痛みを感じる暇もなかっただろう。これほど遣えるのは、武士と見て間違いないだろう。

「かわいそうだったが、苦しまずにはすんだはずだ。それだけはよかったな」

と言って、また埋めもどさせた。

さて、下手人を探すためには、まずは手がかりを見つけなければならない。

「このあたりは狆を飼う家は多いのかい?」

と、竜之助はおこうに訊いた。

「四、五軒に一軒ほどは飼っているかもしれません」

それでもかなりの数である。

「文治、狆を飼っている家をざっと回って、なにか被害が出ているか訊きまわってくれ」

「はい。わかりました」

文治はすぐに出て行った。

「本気で下手人を探してくれるんですね」

おこうが竜之助を見て言った。

「本気で？」

「ええ。ほんとは犬の殺しなんて馬鹿にされて、適当にごまかされるだけかなって心配してたんです」

「なるほど」

「同心さまたちが忙しいのはわかりますが、おざなりにされたらちょびがかわいそうだなって……」

「いや、おいらも最初にこの件を担当しろと言われたときは、正直そんな暇はないのにと思ったんだよ。でも、犬にはずいぶんなぐさめられたから、気持ちはわかるんでね」

「そうなんですか……」

田安《たやす》徳川家の犬である。あの屋敷には狆もいたが、まだ十代だった竜之助がかわいがり、逆にこっちの気持ちもなぐさめてくれたのは、何の変哲もない犬だった。一時、狐がいるというので、寄りつかないよう仔犬をつれてきたらしい。その犬があまりにかわいいので、竜之助はすっかり世話役のようになってしまったものだった。

「あたし、生きものが好きな人しか信用しないんです」

と、おこうは目を輝かせた。

文治がもどるまでのあいだ、竜之助はこの別宅のまわりをつぶさに見てまわった。

だが、土が乾いていて、足跡などは見つけにくい。

生垣は乗り越えようと思えば簡単に越えられる。それだけに周囲からは丸見えであって、こういうつくりは意外に悪事には適さない。泥棒や強盗というのは、やはり人目を怖れるのだ。

また、生垣を乗り越えても、家はしっかりつくられているので、簡単に侵入することはできない。

「それにしても変だな」

と、いっしょに見てまわっていたお佐紀に言った。

「何がですか?」

「あれだけの腕を持ったやつが、こんな静かな佇《たたず》まいの町を夕暮れどきに歩いていた。なにが目的だったのだろう? 犬の辻斬りが目的だったんだろうか?」

「だいたいここは、用もない人が通り過ぎるような町じゃないですよね」

「うむ。金持ちに恨みを持つ男なのかね。それなら犬になど憂さ晴らしするのもお門違いというものだろう。人を斬るまではいかなくとも他にやれることはありそうだ。例えば、門柱を切り倒しておくとか」

「そのほうがやられたほうも嫌ですね」

「だから、こいつは辻斬りとか、通り魔のたぐいではないのかもしれねえぜ」

竜之助はそう言って、周囲の町並みを見回した。

しばらくして、文治がもどってきた。

「狆を飼っている家に七軒ほど訊いてきましたが、とくに何かされたという家はありませんでした。ただ、この玉坂屋の別宅を探るように見ていた者がいたと証言する者がいました」

「それは侍かい？」

「いや、無腰《むごし》の町人だったそうです」

生垣の高さからすると、匕首《あいくち》などでは届かない。やはり、長刀を使わなければならない。とすれば、その男は犬殺しとはまったく関係ないか、あるいは町人と武士が混じった複数の人間が動いていることになる。

——複数だとすると、犬一匹を斬るだけにしてはおおげさではないか？

と、竜之助は思った。もしかしたら、この犬殺しには別の狙いがあるのではないか。

「ちょびは番犬としては役に立ったのかね？」

と、竜之助はおこうに訊いた。

もしかしたら、ここに物盗りに入ろうとしている者が、先に番犬を葬っておいて、あとから押し込んでくるつもりなのかもしれない。

とすれば、かなり警戒が必要になる。

だが、ふつうは別宅に大金などを置いておくとは思わないし、いつもいる下男に加え、店から若く屈強な手代も来ている。番屋もそう遠くない。どう見ても、滅多なことは起きそうもない。

「いいえ。そっちはまったく駄目でした。なにせちょびは人懐っこくて、誰にでも尻尾を振るくらいでしたから」

きっと、斬られた相手にも尻尾を振って近づいて行ったのだろう。おこうでなくても鼻の奥がつんとした。

四

与力の高田《たかだ》九《きゅう》右衛門《えもん》が閻魔帳《えんまちょう》を手に同心部屋をのぞいた。同心たちはあわてて目を逸《そ》らした。

近ごろ、この与力はますます同心たちから嫌われていて、高田馬場《たかだのばば》ならぬ「高田の馬鹿」などと呼んでいる者もいる。

ある同心――うわさではそれは仏の大滝こと大滝治三郎らしいのだが、あの閻魔帳を盗み、ひそかに燃やしてしまおうと思ったらしい。

なにせ、あれには南町奉行所に百人ほどいる同心たちの過去の手柄、性癖、家族の動向、妾《めかけ》の有無などが記されている。貯蓄の高や、借金の額まで記されているという話もある。それらをもとに、職場の異動やほかの同心との組み合わせなどをひそかに考えては、ひとり悦に入っているという代物《しろもの》なのである。

同心たちはみな、あれがある限り、高田に縛られると思っていることはまちがいない。

――猫に鈴をつけるのはわししかおらぬ。

大滝がそう思ったとしても不思議ではない。正義感というか、自己犠牲の精神がある男なのである。

あるとき、いつも手離さないこの閻魔帳を、高田が窓際にぽんと置き、のんびり茶をすすっていたという。

大滝治三郎が、すばやく懐におさめようと、手をのばして閻魔帳をつかんだとき……。

ちりん。

と、いい音が響いた。

「誰だ、こらっ」

大滝は閻魔帳を放り出し、一目散に逃げて行った。

猫に鈴をつけようとしたら、閻魔帳につけられていた鈴が鳴ったというわけである。

この高田九右衛門は、どういうわけか竜之助のことを気に入っており、奉行所内で会うとしきりに声をかけてくる。そのたびに、先輩の同心たちからはじろりと見られる。竜之助が高田の密偵のように思われているかもしれない。じつに困ったものなのである。

今日も、ひときわ大きな声で話しかけてきた。

「おう、福川」

「高田さま……」

「玉坂屋の頼まれごとをしてくれているんだろ?」

もう伝わったのかと、竜之助は驚いた。

「お早いことで」

「うむ。あそこは以前から面倒を見てやっているのだ」

「そうでしたか」

玉坂屋が懇意にしている与力とは、高田のことだったらしい。

「なにせ、あそこの娘は昔、人さらいに遭《あ》ったことがあってな」

意外なことを言った。

「え、そうなのですか？　くわしい話をお教えください」

「くわしい話など知らぬ。担当した同心は隠居してしまったし。だが、それが親としては引け目になって、あの娘に頭が上がらなくなったのだろうな」

「へえ、そんなことが……」

「どうせ、頼んできたのはつまらぬ心配ごとだろ？」

「あれ、依頼の中身はご存知ないのですか？」

「与力というものはこまかいことは気にしないほうがよいのさ。暇そうな同心を紹介してやっただけだ」

「そうでしたか」

高田が言う暇そうな同心は矢崎三五郎で、矢崎に言えば当然のことながら竜之助にお鉢が回ってくる。

「何だったのだ？」

あまり言いたくないが、言わないわけにはいかない。

「犬の辻斬りですよ」

「犬の辻斬り？　それはまた、奇怪なできごとだな」

と、にこりともせずに言った。

「ええ。手がかりが少なく苦労しそうです」

「だが、犬の辻斬りではな」

高田はしばらく考え込み、

「五段階評価は駄目なのかな。もっと細かくわけて二十段階評価くらいにすれば、犬斬りにも一点くらいはやれるのだがな」

と、言った。この五段階評価も、年末に高田が言い出したことで、手柄を点数に直して加算していき、年末に得点を競い合うのだという。これには同心たちがそれぞれ懇意にしている与力に猛反対を表明し、とりあえず検討中ということになっている。与力のくせに、こまかいことを気にしているのだ。

「そういえば、福川はいくつになった？」

「え？」

嫌な予感がする。

「明けて二十六になりましたが」

「そろそろだな」

「………」

余計なことは言いたくない。

この人に押しつけられる娘の性格を想像したら、貧血で気を失いたいくらいである。

「嫁の世話もしてやらねばな」

「あ、急ぎの用を忘れておりました」

と、飛び出した。

五

翌日は矢崎から町回りの代わりを頼まれ、小日向《こひなた》、小石川《こいしかわ》、駒込《こまごめ》、本郷《ほんごう》と回らされ、根岸の里に行くことはできなかった。

ところが、暮れ六つ（午後六時）過ぎてから疲れてもどったところ、

「ぜひとも根岸の別宅まで来てもらいたい」

と、伝言が届いていた。

「いいよ、いいよ。福川。たかが犬殺しのことだろ。二、三日うっちゃっておけ。おれたちだってお前に回したけど、最優先してかかれってわけじゃねえんだから」

と、矢崎がさすがに気の毒そうに言った。

「でも、心配だから行ってみますよ」

竜之助が寒い夜道を歩いて、はるばる根岸の里にある玉坂屋の別宅を訪ねると、おこうは手代や爺や、さらには近くの番太郎や文治のところの下っ引きに囲まれるようにして、ぶるぶる震えていた。

「どうしたい、おこうちゃん？」

「出たんです」

「出た？」

古株の同心なら、ずっと出なかった通じが？　などと冗談を言いそうだが、竜之助はそんなことは言わない。心配そうな顔をしただけである。

「なにが出たんだい？」

「ちょびの幽霊です」

「犬の幽霊かい？」

つい、くすっと笑ってしまった。犬の辻斬りに犬の幽霊。言葉にすると、どこか滑稽な感じがしてしまう。

「ほんとなんです。信じてください」

おこうは必死の顔で訴えている。周りの者は、困ったような顔でうつむいたりしている。

「くわしく聞かせてくれ」

「夕べ、夜中に目を覚ましたんです。犬の声がして。ちょびの声に似ていたんです。あたし、思わず立ち上がって……」

と、言いながら、おこうはほんとに立ち上がって、窓辺に行った。

なにかにとり憑《つ》かれたようにも見える。

「この雨戸を開けました。すると、あそこの松の木のところです」

と、指を差した。

竜之助がのぞくと、たしかに敷地の外で数軒先の道端に松の大木が見えた。

「あの根元のところにぼーっと明かりがあり、ちょびがいたんです」

「明かりが？」

提灯《ちょうちん》を持ったお岩の絵は見たことがあるが、犬の幽霊が提灯を持った絵は、まだ見たことがない。

「あたし、思わず、ちょびって叫びました。ちょびはわかったみたいで、こっちを見ると尻尾を激しく振り、吠えたんです。ちょびって、もう一度、叫びました。すると、ふうっと明かりが消え、ちょびの姿も見えなくなってしまったんです」

そこまで言って、おこうはぐったりとなった。

爺やが熱い茶を入れておこうにすすらせた。

竜之助は外を見ながら考えている。おこうが嘘を言ったとは思えない。ただ、それはほんとに幽霊だったのか。あるいは、おこうの疲れた心に浮かんだ幻だったのか……。

「ちょびが幽霊になって、なにかを訴えてくれてるんです」

「訴える？」

「なにが言いたいんだろ、ちょびは？　今夜も出ます。きっと来てくれます」

みんなが困った顔で竜之助を見た。

「わかった。おいらも確かめるよ。今夜はここに泊まることにする」

と、竜之助は言った。

二階の六畳間におこうが寝て、その隣の八畳間に竜之助と爺やと手代が待機した。

爺やと手代は、おこうの話を信じていないのは明らかで、すぐに布団をかぶって寝てしまった。

竜之助は眠れない。

それでもいつの間にかうとうとした。

夜中。丑《うし》の刻（深夜二時頃）近いのではないか。

「あ」

と、隣でおこうが言った。ささやくような声であっても、竜之助は目を覚ます。もしかしたら、片耳ずつ寝《やす》ませているのかもしれない。

「どうしたい？」

小声で竜之助が訊いた。

「ちょびが鳴きました」

立ち上がった気配である。

雨戸をそっと開けている。

竜之助も立ち上がり、隣の部屋に入った。爺やと手代は、すっかり寝入っている。

外は真っ暗である。月も星もない。

その闇の中で、たしかに犬の遠吠えが聞こえた。悲しみを訴えるような切実な響きの声で、松の木のところよりも遠くから聞こえる。

「ちょびです。間違いありません」

「よおく聞いてみな」

と、竜之助はおこうの顔を見て言った。犬の鳴き声など、どれも同じに聞こえる。

「ほんとにちょびかい？」

「ええ、ちょびです。幽霊ってほんとにいるんですね」

と、おこうが感激したような、すこしかすれた声で言った。

六

朝方――。

おこうがようやく落ち着いて眠りに入ったのを確かめると、竜之助は根岸の里から役宅へと引き返すことにした。この刻限だと、朝飯をかっこんですぐに奉行所に行かなければならない。

外に出るとすぐ、一昨日の夜にちょびの幽霊が出たという松の木のあたりに行ってみた。夕べも来ようとは思ったのだが、暗いと足跡などはなかなか判断がつけにくい。逆に自分の足跡で踏みにじったりしてしまう。

明るくなってからにしようと思ったのだった。

ただ、土が乾いて風があるため、よくはわからない。犬の足跡らしきものはあった。もしも、これがちょびのものだったら、犬の幽霊には足があることになる。

上野の山から下りてくる風が冷たい。懐手にして、肩をすぼめながら人けのない道を歩く。雲が多く、日差しはほとんど差してきていない。

――幽霊ってなんなのだろう？

竜之助は、歩きながら考えた。

本気で考えたことはない。見たこともない。昔、幽霊を食ったという豪傑の話を聞いたことがあるが、いくらなんでも眉唾《まゆつば》ものだろう。

気のようなものだろうか。

目に見えない気は感じることがある。それを感じるには、武芸の修行を積んだ者だけが得る独特の勘が必要らしい。

そういえば――。

数日前、やよいが肥前から刺客が来ていると言っていた。師の柳生清四郎とも五分で渡り合うほど凄い腕だという。

やよいは、いなくなった柳生全九郎のことも気がかりなのにとこぼしていた。

だいたい、あのやよいという女もよくわからない。ただの奥女中ではない。田安家の用人の支倉《はせくら》とつるんでいるのか、柳生清四郎の手下なのか、判然としない。敵でないことは確かなので、あまり問い詰めることはしていないのだが。

もしや――。

このところ、ときおり感じていた鋭い視線を思い出した。あれが、肥前からの刺客のものではないか。

だが、この数日は感じなくなっている。

――次から次に……。

やよいでなくとも、うんざりする気持ちはある。

だが、いながらにして、昔、憧れた武者修行がやれていると思えばいいのかもしれない。

――斬らずに済めば、いちばんいいのだが。

必死で剣を学んだくせに、人を斬るのは嫌というのは矛盾している。

自分の気持ちもふくめ、わからないことだらけである。

こういうときは、身体を動かすことにしている。頭だけ使っていると考えは堂々巡りになりがちである。必死で歩く。いや、走る。

たっ、たっ、たっ、たっ。

朝靄《あさもや》が残る上野広小路を、恐ろしい速さで走る若い同心の姿を、市場に向かう早起きの棒手振《ぼてふ》りの男たちが、呆気《あっけ》に取られて見送った。

七

数日後――。

竜之助は腕組みしながら湯島天神《ゆしまてんじん》の下あたりを歩いていた。梅の名所だが、まだ梅の香りはただよっていない。

おこうの狆について考えているのだ。

根岸の里に毎夜かようわけにはいかないが、文治が聞いてきたところでは、幸いあれからはちょびの幽霊は出ていないらしい。

なにかが引っかかっている。それがなんなのか、喉のあたりまでは来ているのだが、思い切って吐いてしまいたい気分である。

「あ、福川さま」

通り沿いの家の軒下でかわいい声がした。

「よう、狆海《ちんかい》さんじゃないか」

本郷の大海寺の小坊主である。だが、竜之助の座禅の師匠でもあるのだ。

「ここの家がうちの寺の檀家で、葬儀がありましてね」

「そうだったかい」

「考えごとみたいですね」

「そうなんだ。それにしても不思議だね」

「なにがですか?」

「狆のことを考えてたら、狆海さんとばったり会った」

「ああ、そういうことってよくあるんですよ。でも、なぜ福川さまが狆のことを？」

「うん。ちょっといろいろ調べたいなって思ってさ。まさか、狆海さんは犬の狆のことなんて知らないよな」

「いいえ、狆のことならなんでも訊いてください」

と、胸を張った。まだ十歳で、しかも同じ年ごろの子どもより小柄である。それでも、大人顔負けの知恵や知識を持っていたりする。

「ほんとにかい？」

「だって、名前に字が使われているくらいですから、自然とくわしくなってしまいました」

「そういうものかね」

「和尚にも飼ってくれと頼んだんですが」

「許してくれねえんだ？」

「お前の飯を半分ゆずってあげるならと」

泣きそうな顔で言った。

「ひどいね」

「お経が読める狆だったらいいとも」

「あきれたね」

「それで訊きたいことというのは？」

「うん。似ている狆てえのはいるかね？」

「いますよ。兄弟は似てたりしますし」

「模様で見分けるのかい？」

「模様はいちばんわかりやすいですよ。白に黒が混じるのですが、その混じり具合がいろいろです。人気があるのは額のところがチョンマゲのように黒くなっているものです。それと、背中に鞍《くら》のように四角く黒が乗っているのも武家では珍重されているんです」

「ほう」

たしかに田安家にいた狆もそんな模様だった。

「模様だけでなく、顔だって似たような顔と思っても、よく見るとずいぶんちがうんですよ」

「人間だって、目鼻口があるのはいっしょだけど、顔はずいぶんちがうからな」

「はい。あとは身体つきもちがいます。最近は小さい身体が好まれるので、仔犬のころから酒を飲ませる人もいるんです。飯を食べる量が減って、成長が止まるそうです」

「犬の大酒飲みができちまうね」

「ひどい話ですよ。でも、よく見ればちがうけど、似ている犬はいっぱいいます。飼い主でもわからなくなったりします」

「ほう」

ということは、やはり、あの夜、松の木の下にいた狆は、ニセのちょびだったのだろう。だいたい、あんな遠くから、黒と白だけの模様を判別できるわけがないではないか。

「見比べたいのですか？」

「まあ、そうなんだが」

「わたしが見ましょうか？」

町角の占い師のような、自信たっぷりの顔で訊いた。

「うむ。でも、一方は死骸、一方は幽霊だからなあ」

「それは凄いですね」

「並べてくらべるのは難しいだろう？」

「かなり難しいですね」

さすがの狆海も逃げ腰である。

「なにせ幽霊じゃなあ」

冗談のように言ったが、あれほどおこうが自信を持って言ったくらいだから、やはりあれはほんとの幽霊だったのだろうか。

と、そこへ、

「なんだ、狆海。まだ、こんなところにいたのか？」

と、雲海《うんかい》和尚が現れた。

この和尚は、登場するときは意味もなく胸を張っている。

「よう、福川もいたか」

上目遣いにじろりと竜之助を見た。

値踏みというのとはちがうが、こちらの欠点を探すような感じがある。それも深いところまで見透かすというのではなく、忘れ物はないかとか、納豆に醤油をかけすぎていないかといった程度の、底の浅いあら探しに近い。

だが、この和尚は付き合ってみるとなかなか面白い人物ではあるのだ。敬意のわかない興味というのもあるのだと、竜之助は雲海と知り合って初めてわかった気がする。

「檀家のおっかあに大根をしこたまもらった。福川、何本か持っていけ」

「いや、まだこれから回るところがありますから」

「なんだよ。すこし座禅を組んでいけよ」

「正月にたっぷり座りましたから」

「おっ、あれだけで悟ったか。たいしたもんだな、福川は」

すぐに嫌みを言う。

「それより、和尚。犬も幽霊になりますかね？」

「なんだ、それは？」

「いえ。殺された犬が化けて出てくるらしいんです。人が化けて出るってのは、真偽はともかく、聞いたことはありますが、犬の幽霊ってえのは……」

「そりゃああるさ」

と、雲海は当たり前だというような顔で言った。

「ありますか」

「人の幽霊がいるならばな」

か。


「人も犬もいっしょだもの。人の幽霊があれば、犬の幽霊だってあるだろうが」

大胆なことを言った。そういうことも経典だかお経だかに書いてあるのだろう

「は？」


「いっしょですか」

「いっしょだ。それどころか、魂の格は向こうのほうが上かもしれぬ」

「和尚の魂より？」

「馬鹿。人ぜんぶだ。犬と目を合わせてみろ。ほら、あそこにもいるだろ」

茶色い毛をした仔犬が、団子屋の店先に座ってこっちを見ていた。

「あの目を見て、おのれはこの生きものより魂の格が上だと思うか？」

「たしかに」

と、竜之助も納得した。くだらぬ知識は人のほうが溜め込んでいるが、魂の格はおそらく向こうが上である。

八

その翌日——。

竜之助が上野界隈《かいわい》を回ったついでに根岸の里に顔を出すと、おこうが真面目な顔で言った。

「ちょびの幽霊のことで考えたのですが」

「なにを？」

「やっぱりちゃんとお経を唱えてあげたいんです。成仏《じょうぶつ》させてあげたいんです」

「ああ、なるほど」

そうしたほうが、おこうにとってもいいかもしれない。

「ついては、どなたか犬にも本気でお経を読んでくれるお坊さまをご存知ではないですか？」

「それは、いないことはない」

と言いながら、雲海のことを思い浮かべた。雲海はひどいところもいっぱいあるが、犬だからおざなりにやるとか、そういうことはないような気がする。

さっそく本郷に行って、犬のお経をやってもらえるかと訊くと、二つ返事で引き受けてくれた。

善は急げと、その日のうちに雲海は狆海を伴って、根岸の里までやって来た。

紹介した手前、竜之助もこの葬儀に付き合わないわけにはいかない。

雲海は、ちょびが埋められた庭の隅に行き、静かな声で、やがて次第に朗々とした調子で、お経を読んだ。

これがじつにいいお経だったのである。

心に沁《し》みとおるような、こっちの気持ちも温かくほぐれていくようなお経である。これまで何度か和尚のお経を聞いたことがあるが、こんなにいいお経は初めてである。

この和尚は、人の霊よりも犬の霊のほうが相性がいいのかもしれなかった。

おこうも熱心に祈っていた。

お経が終わったあと、そのことを言うと、

「じつはあたし、いままで幽霊なんて信じていなかったんです」

「へえ」

江戸の娘にはめずらしい。

「それが信じるようになりました。だって、あれはまちがいなくちょびだったんですもの。あれを信じてあげなかったら、ちょびがかわいそうじゃないですか」

おこうは数珠《じゅず》を手に、信念に満ちた目でそう言った。

――ん。

何かが喉元から這い上がってきた。

松の木の下に出たというちょびを、ニセモノではないかと疑っていた。

だが、それは逆ではないのか。

つまり、殺されたほうがニセのちょびで、松の木の下に出たのはホンモノ。だからこそ、おこうもてっきり幽霊だと信じ込んでしまった。

――もしかしたら、それが狙いだったんじゃないか。

おこうが幽霊を信じると、何か得をするやつがいるのではないか。

竜之助は、追いかけていた男にようやく並んだ気がした。あとは顔をのぞきこむだけである。

「福川さま」

狆海が困ったような顔をして竜之助の前に立っていた。

「どうしたい？」

「ちょっとまずいかもしれません」

「何がだい？」

「うちの和尚さんが」

「いいお経だったたなあ」

「それより、おこうさんに」

「あ」

和尚が惚《ほ》れっぽいのは知っていたが、まさか葬式のときまで色気が湧き上がるとは思っていなかった。

「そうか。どうなるかね」

「ううん。こうなってしまいますからね」

狆海は両手を目の高さに上げ、船の先のようなかたちをつくった。

九

夜、文治の実家でもある神田旅籠町の寿司屋〈すし文〉に顔を出すと、お佐紀が来ていた。お佐紀の家もすぐ近くなので、瓦版の印刷などで忙しいときは、この寿司を晩飯にするのだ。お銚子《ちょうし》も一本置いてあり、腕利きの女瓦版屋は、お酒もきこしめしていたらしい。

文治もめずらしくおやじの手伝いをして、寿司を握っている。

「今日は行けなくてすみませんでした」

と、お佐紀は頭を下げた。

「なあに。でも、おこうちゃんもだいぶすっきりしたような顔をしてたよ」

「よかった」

「ところで、おこうちゃんてえのは、昔、さらわれたことがあったんだってな?」

と、竜之助はお佐紀に訊いた。与力の高田からちらりと聞いた話だが、きちんと確かめたかった。

「え、福川さま、ご存知だったんですか?」

「ああ。この前、日本橋の上で言いそうになったのはそのことだろ」

「あ、そうです。でも、他人の秘密をしゃべるのはよくないと思って」

ずいぶん良心的な瓦版屋ではないか。だからお佐紀の瓦版は、取材が正確で綿密なわりには、ほかと比べて売上げがたいしたことはなかったりするのだろう。

「おいらも、たまたま先輩に聞いたんで、調べたわけじゃねえんだ」

「事件が起きたのが根岸ではなく、あのころ関口《せきぐち》のほうにあった別宅で、あまりおおっぴらにならないうちに片づいたから知ってる人は少ないけど」

「へえ」

「まだ、おこうちゃんが九つか十くらいのときですよ。身代金めあてにかどわかされたんです。それもご両親や店の者たちと、お花見で王子《おうじ》の飛鳥山《あすかやま》に行ったときに。誰も気がつかなかったそうです。このとき、ご両親のほうの対応がまずくて、おこうちゃんもあわや殺されるのではないかというほど危ない目に遭ったの」

「対応が？」

「手代のひとりが酒を飲みすぎて具合が悪くなり、近くの医者にかつぎこまれていたんです。それでいなくなっていたものだから、その手代が怪しいととんちんかんな当たりをつけてしまって」

「そりゃあ間が悪かった」

そのときの不手際が想像できる気がした。

予断を持ってしまうと、打つ手打つ手が的外れなものになりがちである。

「身代金の交渉などもうまくいかなかったみたいです。おこうちゃんは、人さらいたちが荒れ狂う声を聞きながら、ずっと閉じ込められていたの。どれだけ怖かったか」

「そりゃそうだ」

竜之助は、幼いおこうに同情した。

「あのとき、おこうちゃんは必死で祈ったんだって。神さまにも仏さまにもご先祖さまにも。でも、助けてもらえなかったって」

「でも、結局、助かったからいまも生きているんだろ」

と、竜之助は言った。ますます信心深くなっていても不思議ではない。

「それはおこうちゃんが自分で逃げ出したからなの」

「自分で？」

「そう。神も仏もないんだって、子どもながらに覚悟して、必死で逃げる方法を考えたの。それで、知恵をしぼり、一瞬の隙を突いて、床板をはずして夜の闇の中に逃げ出したの。だから、おこうちゃんは自分の力と勇気は信じるけど、神も仏も、もちろん先祖の霊も信じないって」

子どもが持つには、なんとも苦い人生観ではないか。

「そんなことがあったのかい」

「結局、人さらいたちは捕まったし、斬首された。でも、その体験がいろんなかたちで尾を引いてるの」

「なるほどなあ」

「だから、ちょっと変なところがあっても、大目に見てやってください」

「心の傷だな」

と、竜之助は言った。それはどこまで深く刻みこまれてしまうものなのだろう。

「そうなんです」

「みんなあるんだなあ」

ちょっとしみじみとした口調になった。

「福川さまも？」

「もちろんだよ」

「なさそうなのに」

「なさそうかね」

「ええ。ご両親に慈《いつく》しまれ、まわりのみんなに好かれ、すくすくと何の悩みもなく成長したって感じ」

と、お佐紀は言った。

竜之助はにっこり笑った。

「お佐紀ちゃん」

と、お佐紀の顔をのぞきこんだ。

「はい」

「瓦版屋の修業はまだ足りないね」

「足りないですか」

「おいらといっしょでまだ見習いだ」

「やっぱり、そうでしたか」

すこし赤い顔でこっくりうなずいた。

十

竜之助は、玉坂屋のあるじを訪ねることにした。やはり、ここを突っつかないことには核心にたどりつけないのだ。

「ああ、南の福川さま。はい、高田さまからお名前はうかがっております」

あるじはにこやかな表情で、奥の茶室に案内してくれた。日本橋あたりの大店《おおだな》は、たいがい奥の中庭に面して、接客用の茶室をつくっているらしい。

お佐紀に聞いていたとおり、あるじ又左衛門《またざえもん》は役者にしたいような端整な顔をしていた。

玉坂屋はいまが八代目。土台がしっかりして老舗《しにせ》の信用も厚いので、むしろああいう品のいいあるじがふさわしいのだろうとお佐紀は言っていた。

だが、竜之助はちょっとひよわ過ぎるような気がした。

きれいな和菓子と茶が出された。和菓子はこの前食べたものとはちがうが、やはり金粉がついていた。

「高田さまには、ずっと心配していただいています」

「そうですか」

「高田さまも骨董《こっとう》の趣味がおありで、話も合いましてな」

「なるほど」

と、竜之助はうなずいた。もしかしたら、同心たちも骨董品を見るような目で眺めているのかもしれない。でなければ、手柄を点数に直すという発想は思いつかない。

「それはそうと、最近、先祖の霊とか、幽霊に関係するようなできごとはなかったですか？」

竜之助の問いに、あるじはいったん怪訝《けげん》そうな顔をしたが、すぐに思い出してぽんと膝を打った。

「はい、ありました」

「それはどのような？」

「じつは、半年ほど前によく当たるという占い師を紹介されましてな。その方に、じっくりとこの家を見てもらったのです。すると、ご先祖からのお告げがあるとおっしゃいまして……」

「お告げ？」

「はい。うちの店のわきに荷車置き場にしている土地があるのですが、死んだわたしの父が、ここは家運にとってよくないから、手放したほうがいいと言っているというのです」

「だが、使っている土地でしょう？」

「なあに、この前死んだ犬の遊び場にしていたような土地です。なくたって、商売にはなんの不都合もありません。ところが、これに娘のおこうが猛反対をしましてね。なんで、いもしない先祖の霊のお告げなんて聞かなきゃならないの、というわけです。あれは、どういうわけか、神仏や先祖の霊をまったく信じておりませんでね」

「はあ」

おこうの父は、娘の心の傷について、はっきりわかっていないらしい。だが、そういうものかもしれなかった。

「一人娘ですし、しかもあれは商売にも関心があって、ゆくゆくはこの店もあの子にまかせることになるのだから、お告げよりは、あの子の気持ちを優先しようと、そういうことになりました」

「なるほど……」

だんだん筋書きが見えてきた。

「その占い師というのは、どなたかの知り合いなのでしょうか？」

「はい。うちの手代で、まあわたしの懐刀《ふところがたな》と言ってもいい者ですが、それの古くからの知り合いです」

「でも、近ごろ、おこうさんの考えも変わってきたのですね」

竜之助がそう言うと、あるじは嬉しそうな顔になり、

「そうなんですよ。やっとおこうも先祖の言うことに耳を傾けるようになってくれましてね。死んだおじいさんがそう言っているなら、土地を売ってもかまわないと。そこでいまは、さきほどの手代が買ってくれるところを物色しております」

ほっとしたような顔で言った。

竜之助はちょっと困った顔で額に手を当て、

「それはちょっとお待ちになったほうがいいでしょうな」

と、言った。

十一

帰りは遅くなった。雪にはなりそうもなかったが、冷たい風が夜の道を、かすれた口笛のような音を立てながら通り抜けていた。

つけられていた。

肥前新陰流の刺客であるなら、たしか一人だけと聞いていた。

だが、何人かいるらしかった。

――おかしい。

あらたに江戸の仲間でも加わったのだろうか。肥前は雄藩である。人材はいくらでもいるだろう。

このところ、田安徳川家の用人である支倉辰右衛門《たつえもん》から屋敷に帰るようしつこく言われている。

江戸の町を歩き回るから、これ幸いと刺客たちもやってくるのでしょう。そろそろ同心ごっこなどというお遊びもお仕舞いにしていただきませぬと。

それが爺《じい》の言い分だった。

だが、竜之助はもう、あの屋敷にもどる気はなかった。支倉の横槍が入って同心の地位を取り上げられでもしたら、小者になっても、奉行所で働きたかった。

「おい、爺。これは、おいらの天職だぜ」

そう言うと、爺はひどく悲しげな顔をしたものだった。

竜之助は八丁堀《はっちょうぼり》に入らず、わざと遠回りをすることにした。誘うつもりではないが、こそこそつけまわされるのも嫌だった。

湊《みなと》稲荷の前を通り、霊岸島《れいがんじま》をまわっていくことにした。越前堀《えちぜんぼり》沿いの道に人影はない。

亀島橋《かめじまばし》のたもとで足を止め、振り返った。

複数の人影がひそんでいる気配はあったが、攻撃してこようという殺気にまではふくらんでいなかった。

十二

手代——根岸の里にきていたのとは別の者だが——名は六助《ろくすけ》と言って、先代のときおやじがここで雇われ、倅の六助も子どものころからここで働いた。あるじの又左衛門とはほぼ同年代で、ずっといっしょに店を見てきた男だった。信頼も厚く、まさに右腕としてやってきた。

日本橋界隈の手代たちは、小僧のときは名前に吉がつき、それが七になり、手代や番頭になると、兵衛になることが多い。宋吉、宋七、宋兵衛といった具合に。だが、六助のようにずっと六助でいたりすることもあるらしい。

文治の手を借りて、しばらくこの男の動きを見はってもらうと、いかにもきな臭い男が浮かび上がってきた。

深川の熊井町《くまいちょう》に住むたいそう悪知恵の働く男だという。

〈乗っ取り石蔵《いしぞう》〉と呼ばれる男である。

ある土地を取得すると、そこでとんでもなく迷惑な商売を始めたりする。

臭いのひどいものやうるさくてたまらないもの。くさやの干物だけをつまみにする飲み屋などをはじめられたら、周りはたまったものではない。

当然、隣は流行《はや》らなくなり、残りの土地も安く売ることになる。

今度はまるごとこれを売り払って、利ザヤを稼ぐ。

こういうことは、ずっとやっていればボロも出るが、すぐに売り払って消えてしまう。跡形もない。石蔵も手下ばかり動かして、自分は裏のほうにひそんでいる。

竜之助はこの存在を炙《あぶ》り出したのだった。

この男は、勘定方のほうでも目をつけていた。

南町奉行の井上信濃守《いのうえしなののかみ》に呼ばれた。

「勘定方とも話して、こっちでやることにした。というのも、昨年の春に小伝馬《こでんま》町《ちょう》の増田屋《ますだや》という油屋で一家心中があったんだが、どうも殺しの線も出てきているのさ」

「そうでしたか」

それは知らなかった。隠密廻りの同心が、ずっと調べあげてきたことらしい。

「すぐしょっぴくか」

「いえ、お奉行。玉坂屋の手代も糸を引いています。それと石蔵がつるんでいるので、そろったところで」

「うむ。任せる」

井上信濃守は満足げにうなずいた。

竜之助が次にしたのは、玉坂屋のあるじに乗っ取り石蔵という男のことを告げることだった。ただし、手代の六助が怪しいとは言わない。

話を聞いたあるじの又左衛門は、

「乗っ取り石蔵！　わかりました。売りません」

と、驚いたように言った。

この話を、手代の六助にわざと聞かせたのである。

六助はすぐに店を出て行った。

文治とともにあとをつけた。

行く先はやはり、深川の熊井町だった。

六助が入るとすぐ、激昂した声が聞こえた。

「なに、ばれただと。てめえが間抜けだからだろう」

悲鳴が聞こえたところで、竜之助は飛び込んだ。六助が刺されそうになっていた。

竜之助は十手を投げた。それは石蔵の手に当たって、持っていた匕首をはじき飛ばした。

「松田《まつだ》さま、松田さま」

石蔵がわめいた。

家の裏手でごとごとと音がした。

誰を呼んだのかはすぐに想像がついた。この手のやつは、必ず用心棒を雇っている。

擦り切れた着物に、総髪、酒で赤くなった鼻。絵に描いたような用心棒が現れた。ただ、身を崩したわりには、表情に含羞《がんしゅう》が見え隠れしていた。

「松田さま。やっちまってくださいよ」

「石蔵。観念しなよ。町方の者を一人二人斬ったって、どうせ奉行所には知られちまったってことだろ。あきらめるこった」

「あんただって関わりがないわけじゃあるまいよ」

「それは向こうが決めることとさ」

「こんなときのために高い金を払ってきたんじゃねえか。それでも武士か」

石蔵が吠えた。

その剣幕にうんざりしたような顔をしたが、

「しょうがねえな」

用心棒はとっくりを口に当て、ごくごくと飲んだ。

自分を殺して、こんな稼業をしている。酒を飲まずにはやっていられない。そんな言い分が聞こえてくるようなしぐさだった。

この家は広い。刀を振り回せるくらいの余裕はあった。

竜之助は立ち合った。

用心棒の剣がさっと横に走った。

見事な居合いだった。

これを後ろに引いてかわすと、さらに踏み込んできた。

強い。が、風鳴の剣を使うほどではない。

それどころか、竜之助は剣も抜かない。

第二波をかわしながら身を寄せ、用心棒の腕を取ってひねった。

刀は飛び、天井に突き刺さった。新陰流無刀取り。屈指の難しい技である。

腕を押さえてしゃがみこんだ用心棒に、竜之助は言った。

「あんたの犬の斬りかたにひとかけらの慈悲を感じたよ。なあに、事情を知らない用心棒だったら、すぐに放免されることになるさ。もう一度、やり直してみなよ。たぶん、そう遠くないうちに世の中は変わるぜ」

「……………」

用心棒は驚いたように、竜之助を見た。

うんざりしたはずの世の中が、まだまだ捨てたものではないといった顔だった。

「礼というほどのことではないが、ホンモノのほうは無事でいるぜ」

用心棒は犬の居場所を告げた。

「いいかい、おこうちゃん。あっちを見ててみな」

と、竜之助は言った。

「日本橋のほうですか」

おこうは怪訝そうに訊いた。

明けてまもないころである。それでも日本橋あたりは、魚河岸から魚を仕入れた棒手振りたちや、七つ立ちした大名行列などでにぎわっている。

「そう。あっちから、不思議なものが来るからさ」

「なにをおっしゃってるの？」

「ほら、あれだよ」

不思議なものというのは、小さな身体をしていた。黒と白の模様で、走ると毛がふさふさとなびいた。つぶれたような顔が、必死の表情に見えて愛らしい。

それを見つけたおこうの顔が大きく歪んだ。

「嘘でしょ……」

「嘘でなんかあるもんかね」

と、竜之助は笑った。

ちょびが人混みを抜けて駆け寄ってくる。尻尾をちぎれるくらいに振って。

第二章　降りてこない男

一

徳川竜之助――いや福川竜之助は、岡っ引きの文治といっしょに、町回りの途中だった。

「寒いなあ。まだ、寒さがゆるむには早いのかね」

正月（旧暦）も下旬で、そろそろ寒さもやすらいでいいころである。

「そういえば、福川の旦那。この冬はずっと綿入れなしで過ごしてますねえ。若いんですね」

「おいらだって金があれば買うよ。でも、まあ、あと十日もすれば、梅の花の便りも聞くだろうし」

日本橋のたもとに来たときである。

大勢の人だかりの足元をかいくぐるようにして、
と、見覚えのある狆《ちん》が駆け寄ってきた。

「わうわうわう」

「おう、ちょびではないか。よしよし」

いきなりごろんと横になって、前足を幽霊のような格好にし、腹をさらけ出した。

これは、犬があるじに対してする姿勢である。

「おい。おいらはおめえの主人じゃねえだろ」

竜之助がそう言うと、

「主人になって欲しいのかも」

頭の上で声がした。

「え？」

見上げると、おこうがいた。

「ちょびは、福川さまを主人に迎えたいのかなあ」

なんだか意味ありげな言い方である。

「よう。おこうちゃんか」

熱でうるんだような瞳をしている。

「まだ根岸のほうにいるのかい？」

「いいえ、もう店にもどってます」

「無理しないほうがいいぜ」

「ありがとうございます。でも、ここにいれば、町回りに行く福川さまとお会いできるかなと思いまして」

「おう、たいがい日本橋か江戸橋を渡ることになるんだよな」

「じつはこれ」

と、おこうは暖かそうな布切れを差し出した。

「なんでえ、襟巻《えりまき》じゃねえか」

「いつも福川さまが寒そうにしておられるので。高価なものは受け取ってもらえないだろうから、あたしがあり合わせの切れでつくったものです」

竜之助は手を額に当てた。

「あ、すごく悪いんだけどさ。うちには、女の人から、身につけるものはもらっちゃいけねえって家訓があるんだよ」

「そうなんですか」

「祖父も亡くなるまぎわに、おいらを枕元に呼んで、そう言ったんだよ」

「まあ、おじいさまが……」

「だから、申し訳ない」

「それなら仕方ないです」

おこうは唇を嚙み、くるりと踵《きびす》を返した。あとをちょびが追いかけていく。

見送ってから文治が言った。

「旦那。家訓てえのはほんとですかい？」

「いや、咄嗟《とっさ》についた嘘なんだよ」

申し訳なさそうな顔で言った。

「なんでもらわなかったんですか？」

「何日か前から読んでいる本に書いてあったんだよ。女から身につけるものはもらっちゃいけねえって」

「なんて本ですか？」

「江戸男、女扱い心得」

「旦那も妙な本を読むんですねえ」

「まあね」

夜の手習いはしばらくは十手の稽古と、べらんめえ口調の稽古に当てていた。

だが、べらんめえ言葉のほうは自然に出るようになった気がする。それで、新年からはその分を世にあまたある心得集を読むことにしたのである。

また、この心得集というのが山ほどあって、江戸ではこんなに心得がないと生きていけないのかと不安になるほどである。

『江戸男、女扱い心得』は後半が艶本仕立てになっていたので、やよいに見つからないよう、文箱《ふばこ》のなかに隠しながら読んでいる。

「おいら、世間知らずだってよく言われるからさ」

「たしかに世間知らずだ」

「そんなにひどいかね」

「この前だって、町人は新品の着物なんてつくらず、たいがいは古着を着てるってことも知らなかったじゃねえですかい」

「あ、そんなこともあったっけ」

「それはともかく、旦那。おこうちゃんはたいそうなお熱だ」

「熱？　風邪でもひいたのかな」

「何言ってんですか。福川さまに惚《ほ》れちまったんですよ。重症だな、あれは」

文治は面白そうに言った。

二

この日は、昼前に人形町《にんぎようちよう》通りの界隈《かいわい》から両国橋あたりまで行き、そこからいったん引き返すことにした。

あまり通らない小網町《こあみちよう》のあたりを回って、湊橋《みなとばし》を渡ったとき、

「あ、定町廻りの旦那」

若い男が駆け寄ってきた。

「どうしたい？」

十手をくるくるっと回して訊《き》いた。得意のしぐさである。

通りすがりの若い娘ふたりが、

「容子《ようす》がいいわねえ」

と声をあげた。

「あっしはそっちの銀町《しろがねちよう》二丁目の番太郎をしている者ですが、火の見櫓《やぐら》に登ったまま、降りてこない男がいるんです」

「なんだ、そりゃ？」

竜之助は呆れて訊いた。もっと大事件かと思ったら、馬鹿馬鹿しいような騒ぎである。

「登ったはいいが、降りられなくなったんじゃねえのか。猫なんかも木の上でにゃあにゃあ言ってるのは、たいがいそれだぜ」

「いいえ、そういうんじゃなさそうなんで。とにかく来てもらえませんか」

と、当の火の見櫓まで引っ張っていかれた。

銀町二丁目は、霊岸島のなかほどを横切る新川《しんかわ》沿いの町である。ここらは河岸沿いに酒問屋がずらりと並ぶ町だが、奥に入れば、ほかと変わらない裏長屋が立ち並ぶ。火の見櫓は、表通りをすこし入ったあたりにあった。

「ここに登ったきりなんです」

と、番太郎は指を差した。

「いったいどうしたのだ？　まさか、死んでいるわけではないだろうな？」

額に手を当て、見上げた。

世をはかなんで、自殺したなんてこともないとは言えない。絶望の果てにとんでもない死に方を選択するかもしれない。火の見櫓の上の餓死？

「いえ、生きてます」

「ああ、あいつか」

ちらりと姿が見えた。

「おい、奉行所の同心さまもお見えだぞ」

と、下から番太郎が声をかけた。

上がり口のところから、すこし顔を出した。まだ若そうな男だった。与太者ふうでもなければ狂気も感じさせない。真面目で気弱そうな表情だった。

「面白いのかね、火の見櫓ってのは？」

と、竜之助は訊いた。火の見櫓には一度登ってみたいと思いつつ、まだ登ったことはない。

「のんきな旦那ですねえ。あんなとこ別にたいして面白くもねえですよ。まあ、下と比べりゃいくぶん見晴らしはいいですが、すぐに飽きてきます。半日もいるようなところじゃありませんよ」

「いつからいるんだ？」

と、竜之助は見上げたままで訊いた。

「気づいたのは明け方ですが、夕べからいたみたいです」

「夕べからか……何してたんだろ」

「さあ」

さっき身軽なやつが登って、中をのぞいたという。

だが、必死であばれたため、手がつけられなかった。

「もうすこしようすを見るか」

と、竜之助は言った。無理におかしなことをして、怪我でもさせたら馬鹿馬鹿しい。

すると、人混みをかきわけ、老武士が出てきて、

「おいおい、黙って見てれば、なんともなまぬるいことよ。あんなふうに世間を騒がす馬鹿者はさっさと討ち取ってしまえばいいのだ」

と、近くにいた文治に話しかけた。

「討ち取るって？」

「そうじゃ、いま、わしが弓矢を持ってきてやったぞ」

と、持ってきた弓矢を構えたではないか。

八十近い齢に見えるが、足元はしっかりしているし、腕の筋肉も船をつなぐ杭ほどに太い。

「馬鹿者が、あんなものはすぐ殺せばいいのだ。徳川家のためにならぬ者はみ

な、生かしておく必要はない」

　こういう御仁《ごじん》こそ、徳川家にはいちばん迷惑なのだ。

「やめてください」

　と、文治は叫んだが、たちまち弓は放たれた。

「きゃあぁ」

　と、野次馬の娘から悲鳴が上がった。

　だが、鐘に当たってカーン、鐘ひとつである。

「ううむ。もう一矢」

　ふたたび構えた矢を放とうとしたとき、駆け寄った竜之助の手が動いた。

　宙に飛び出そうとした矢が真っ二つになって落ちた。抜き打ちで斬り落としたのである。刀はもう、鞘におさまっている。

「町人が大勢いるところでやたらと矢を放つようなことをなさると、奉行所まで来ていただきますぞ」

　強い口調で言った。

　いまの剣技とまっすぐな視線に、老武士は言葉もなく引き下がった。

「とりあえず、すごく困ることはあるのかい？」

と、竜之助は番太郎に訊いた。

「ま、火事が出たりしたら困りますが、いまのところはとくに」

竜之助はまた、しゃがみこんだ。長期戦のつもりになっている。

それがしばらくして、

「あ、鳴ってるよ、鐘が」

と、町役人が言い出した。

「ほんとだ。どうしましょう？」

竜之助に訊いてきた。

「おい、聞こえるだろ。どこかで火事なんだ。そこを使わなくちゃならねえんだよ」

と、竜之助は火の見櫓の男に声をかけた。

男もどうしたらいいかわからないらしく、

「そ、それは……」

おろおろした声が聞こえてきた。

「降りる気がねえんだったら、そこから四方を見回してみな。煙が上がってるところはあるか？」

「あ、あります。深川です。深川もだいぶ向こうの、猿江《さるえ》のあたりです」

隣りの火の見櫓も、遠くの火事であることを告げている。

「じゃあ、遠い火事の合図をしろよ。知ってるだろ、二度ずつつづけて、カンカンって打つのは」

「こ、こうですね」

一生懸命叩きはじめた。

別に火の見櫓を占拠して、火付けの味方をしているわけではないらしい。

火事騒ぎがおさまったころになって、若者が娘の手を引いてやって来た。

「ほら、あれだよ。あいつ、鱒吉《ますきち》だろ」

「ほんとだ、あんちゃんだ。夕べ帰ってこなかったから心配してたら……」

娘は火の見櫓の下まで行き、

「あんちゃん」

と、呼びかけた。

「おみつ……」

男は顔を出した。名は鱒吉というらしい。

「おめえ、何しに来たんだ、こんなとこまで」

と、鱒吉は怒鳴った。

「だって、正太《しょうた》さんが教えてくれたんだもの。ここを通りかかったら、あんちゃんが火の見櫓に登ったまま降りてこないでいるって」

「馬鹿野郎。正太、余計なこと言うな」

「だって、心配だったから……」

「それが余計なお世話ってんだよ。もう、おめえとは付き合わねえぞ」

と、声を枯らしながら凄い剣幕である。

「なんだよ。ずいぶん怒ってるなあ」

と、正太はしゅんとしてしまった。

「あんちゃん。なんで降りないの？」

「いいから、帰ってろ！　ちゃんと心張棒《しんばりぼう》をして早く寝ろ」

そう言って、鱒吉は引っ込んだ。

「変ねえ」

と、おみつは言った。

「いままで、あんなふうに怒ったりすることはなかったのに」

竜之助は、そのおみつのひとりごとを聞いて、

――もしかして、脅されているのではないか。

と、思った。

妹に危害を加えるとか。言うことを聞かないと殺すとか。

「鱒吉があんなに怒ってるんだ。ここは一度、帰ったほうがいいよ」

と、正太がおみつに言った。

「うん」

「おいらがここにいて、なにかあったら報《しら》せてやるから」

「じゃ、なんかあったらすぐに知らせてね。お願いだよ」

おみつは心配そうな顔をしながらも、くるりと踵を返した。

三

鱒吉から見られないよう気をつけながら、竜之助はおみつのあとを追って、

「ちょっと待ってくれよ」

と、呼びとめた。

「はい」

おみつはたちまち身を硬くする。

「怖がらなくてもいい。それに、火の見櫓に登ったまま降りないなんてえのは、たいした罪でもねえ。あとでせいぜい町役人から怒鳴られるくらいで終わりだから、そんなに心配しなくてもいいんだぜ」

竜之助がそう言うと、おみつはほっとした顔を見せた。悪事になど縁のない娘である。打ち首になるのではないかというくらい不安だったのだろう。

「ありがとうございます」

「家はどこだい？」

ふたたび歩き出したおみつに肩を並べながら、竜之助は訊いた。

「堺町《さかいちょう》の裏店《うらだな》です」

かつては芝居町として栄えたが、芝居小屋がすべて猿若町《さるわかまち》に移転してからはずいぶん寂《さび》れてしまった。いまは、住んでいる人たちも、芝居関係の者はほとんどいない。

「それにしても、堺町の住人の鱒吉が、なんで銀町二丁目の火の見櫓に登らなければならねえんだろうな？」

「わかりません。ほんと、わかりません。銀町なんて行ったこともなかったんじゃないかと思います。さっぱり見当がつきません」

おみつもしきりに首をかしげた。

ただ、銀町から堺町のあいだは、歩いてべらぼうに遠いというほどではない。娘の足でもさっさか歩けばすぐの距離である。

「一町先を入ったところがうちの長屋ですが」

「うん。まだ、いろいろ訊きてえんだが」

「はい」

と、素直にうなずき、足を止めた。奉行所の同心と話すところは、近所の者には見られたくないのだ。

「名前はおみつちゃんとか言ってたな」

「はい」

「働いてんだろ？」

「髪結《かみゆ》いです。でも、まだ見習いですから」

「おう、おいらも同じだ。同心の見習いだよ」

見習いというのが恥ずかしそうだったので、思わず言った。

「そうなんですか」

くすっと笑った。

「あんちゃんは目はいいかい？　特別に遠くが見えるとか」

高いところに登るというのは、つまりは遠くを見たいからではないのか。

「いいえ」

おみつはしばらく考えて首を横に振った。

「むしろ手元を見ることが多いので、それほどよくないと思います」

「あんちゃんの仕事は？」

「櫛《くし》の職人です」

火の見櫓と櫛は、どちらも木でできているという以外、あまり関係はなさそうである。

「木を切ってつくるのかい？　木を運んでくるのに力がいるんだろうな」

竜之助がそう言うと、おみつは呆れた顔をして、

「いいえ。櫛にする木なんて、最初から小さく切ってありますから」

「あ、そうなのか」

つい、大きな丸太をどんどん削っていくところを想像してしまった。

こういうところが、世間知らずと言われる理由なのだろう。

「痩《や》せっぽっちで力なんかあたしよりもないくらいですよ」

「じゃあ悪い仲間がいるなんてこともないか」

「ないですね。そういう連中とは関わらないようにしてますよ」

「まあ、ああいう連中は、関わりたくないところを無理に関わってくるからな」

「でも、そういう話は聞いたことがありません」

たしかにさっきの正太という若者も、真面目そうだった。

「あんちゃんは、火事は好きだったんだろうか？」

と、訊いた。火の見櫓といえば、やはり火事が結びつく。あんなに怖いものなのに、「火事と喧嘩は江戸の華」などと言って喜ぶ者もいる。

「いいえ。火事だっていうと野次馬で飛び出していく人もいますが、あんちゃんはそんなことといっぺんだってしたことありませんよ」

たしかに鐘を鳴らしたときも、火事を喜んでいる気配はなかった。

「火の見櫓に登りたいなんてことは？」

「聞いたことありません。だいいち、銀町のほうにはほとんど行ったこともないはずなんです」

「ふだんは、どんなことをしてるんだい？　暇なときとかさ」

「ほんとに真面目なんです。かわいそうなくらいに。酒も飲まない、博打《ばくち》も打たない、女も買わない」

最後の言葉は恥ずかしそうに言った。

「へえ、偉いねえ」

「煙草も吸いません」

「おいらも、酒は好きだけど、あとは鱒吉といっしょだよ」

と、竜之助も自慢げに言った。

「でも、楽しみがねえだろうがって、まるで悪いことみたいに長屋のおやじたちからは言われます」

「ああ。そういうことを言うんだよね」

竜之助はそういう言いかたは納得できない。男の楽しみと言えば、酒と博打と女と相場が決まっているが、別にそれだけとは限らない。楽しいことはほかにもいっぱいある。逆に、それしか楽しみがない人生は、あまり羨《うらや》ましいとは思えない。

「あ、そういえば……」

「何かあったかい？」

「ひとつだけ。最近、浅草《あさくさ》の奥山《おくやま》に、変わった遊技場ができたらしいんです」

「おう、奥山にな」

あそこには江戸っ子の目を引く奇抜な見世物や遊びがひっきりなしに誕生するのだ。

「なんか、景品がぐるぐる回っているらしいんです。それに狙いをつけ、こっちから玉を転がして当てるか、落とすかするのかな。あんちゃんは、その名人らしくて、しょっちゅう景品を持って帰ってきます」

「なるほど。おみつちゃん、ちらっとでいいから、その景品を見せてもらえねえかな」

「わかりました。どうぞ」

ちらりと家の中をのぞかせてもらうと、招き猫だとかひな人形などが、棚のところにおよそ二、三十体、ずらっと並べられている。

「凄いじゃないか」

「これなんか、かわいいですよね」

兄と妹のつましい二人暮らし。いじましいくらいの潤いである。誰にも文句の言えることではないだろう。

四

もう一度、火の見櫓のところにもどった。

みんながさっきより遠巻きになっている。

「どうした？　鱒吉はまだ上にいるんだろ？」

「いますとも。いま、糞をひってる最中です。誰かにぶつける気じゃねえかと冗談を言ったら、みんな遠ざかってしまいました」

そう言う文治も下がっている。

どさっと音がし、

「うわっ」

という悲鳴も上がった。

「すまねえ。片づけといてくれ」

申し訳なさそうな声をかけてきたので、我慢できなくなったというだけのことだろう。

「おい、鱒吉。おめえ、もう一泊する気かい？」

と、竜之助は上を向いて声をかけた。

「……」

返事はない。

「下《しも》のことはそれでしばらくはいいんだろうが、飯も食わなきゃしょうがねえだろう」

「……」

それでも返事がない。

「そのつもりで来たみたいです。四、五日分の水と糒《ほしいい》と瓜《うり》は持って上がってるみたいです」

と、番太郎が言った。

「へえ」

それから、竜之助はぐるぐる歩いて、火の見櫓をいろんな方向から眺めてみた。

鱒吉はずっと下の景色を眺めているらしい。顔が向いているのは北のほう、永《えい》代橋《たいばし》の方角である。

ときおり、もっと下にも視線を移すが、それもほぼ同じ方角である。

「よう。あいつは、こっち側には立たねえのかい？」

と、番太郎に訊いた。

「ああ。そういえば、向こうのほうばかり見てますねえ」

「何、見てんだろ」

「さあ。大川《おおかわ》でも眺めてんですかね」

花火を見るなら、もっと両国寄りの火の見櫓のほうがいいし、だいいち昼間はいる意味がない。

そのうち、どこで聞きつけたのか瓦版屋のお佐紀がやって来た。瓦版には格好の題材かもしれない。

「やあ、お佐紀ちゃん」

「あ、これも福川さまの担当ですか？」

「担当ってほどのことはない。たまたま行き合わせただけだもの」

お佐紀は火の見櫓を見ながら、何枚も絵を描き始めた。仕上げの絵は浮世絵師の祖父が描くが、お佐紀の素描《そびょう》をもとにするらしい。お佐紀の絵も素人目には浮世絵師ほどにうまい。

「そういえば、福川さま。おこうちゃんと会ったんですって？」

「ああ、今朝、ばったり会ったよ」

「ばったりじゃないでしょ。おこうちゃん、待ってたんですよ」

「ふうむ。寒いのにな」

「福川さまって、もてますからね」

そう言って、お佐紀は絵を描くのに没頭しはじめた。竜之助はさりげなく表情をうかがうが、心の中はまるで読めない。

文治がやって来た。

「ねえ、旦那」

と、話しかけてきたが、からかいの気配がある。

「なんだよ」

「なんでも、おこうちゃんはお佐紀坊に宣言したんだそうですぜ。あたし、絶対に福川さまのお嫁さんにしてもらうからって」

「嫁にだって?」

「知りませんよ、おいらは。そんなに夢中にさせちまって」

「おいらだって知らないよ」

「与力の高田さまも応援してくれてるって」

「高田さまも……」

頭を抱えたくなった。

火の見櫓の上の空がじわじわと茜《あかね》色に染まりつつある。西の空だけでなく、空一面が赤くなる夕焼けになりそうだった。

五

翌日——。

竜之助は文治とともに鱒吉がよく行っていた浅草の遊技場に行ってみることにした。

浅草は大好きである。

何日か前の非番のときも、浅草を歩いてきた。今日も仕事なのに、どこか遊び半分の気分になっている。

その途中、日本橋のたもとで、やっぱりおこうが待っていた。今日はちょびをつれてきていない。

「どこに行くんですか、福川さま」

「浅草だよ」

「ま、偶然ですね。あたしも浅草に用事があって、いまから行くところだったんです」

「そうなのかい」

文治はにやにや笑っている。

断わる間もなく、おこうはいっしょに歩きはじめている。

「じつは困ったことがあるんです」

と、おこうが眉《まゆ》をひそめながら言った。

なんとなく想像がついた。

「ちょびにお経をあげてくださったあの和尚さま……」

やっぱりである。

「あたしのことが好きなんですって」

「え、はっきりそう言ったのかい？」

「はい。初めて会った日に、一目で恋に落ちたって」

そんなにはっきり言えるものなのか。竜之助が思い描く恋は、もっとゆっくり、足を怪我した亀の歩みのように進展するものである。

「でも、あの和尚は悪い人じゃないぜ。面白いし」

「面白いですか？」

「面白いよ。天文のことが好きだったり……」

死ぬほど好きな女に三人立てつづけにふられたり……と、これはさすがに言えない。

「それって、ただの変わり者ってことでしょ」

「いやあ、つまらなく変わってる人だっているぜ」

「なんか、暗い顔をして、人をこんなに好きになったのは初めてだとか言うんですよ。気味が悪くて」

雲海のその言葉はずいぶん疑わしい。

だが、そのつど初恋のように新鮮に思えてしまうのが、恋というものの不思議なところなのかもしれない。

「あなたにだけ、特別のお経を唱えてやるなんて言うのよ。それを毎朝、唱えると、必ず幸せになるんですって」

「へえ。お経も口説《くど》きの材料になるとはねえ」

思わず感心してしまう。

「だったら和尚さまが自分に唱えればいいのにと言ったら、仏に仕える身は幸せを願ってはいけないんですって」

「和尚らしい言い方だなあ」

「いくらしつこくしても、駄目なものは駄目なのに」

おこうがそう言うと、文治が声を出さずに笑った。おこうだって充分しつこいぜと言いたいらしい。

浅草寺《せんそうじ》の門をくぐった。

本堂の裏がいわゆる奥山で、ここは見世物小屋や矢場、水茶屋などが立ち並ぶ一大歓楽街になっている。

今日もまだ昼前だというのに、にぎわいはじめている。

「福川の旦那。ここでしょう?」

と、文治が指差した。

粗末な建物で、〈回転竜宮城〉などという看板が出ている。乙姫のつもりなのか、どう見ても毒々しい飲み屋の女のような絵が描かれていた。

見た感じは、矢場と非常に雰囲気が似ている。

店先に立った。

「いらっしゃぁい」

甲高《かんだか》い声がかかった。

三間ほど先に、歌舞伎《かぶき》の回り舞台のように、ぐるぐる回る台がある。それにさまざまな景品を載せた木箱が並んでいる。たいがいは鼻紙だとかわらじだとか、割り箸三膳だとか、くだらないものである。だが、三つ四つはいいものがある。大きな招き猫や、歌舞伎の人形など、どれも鱒吉の家に飾ってあったものばかりである。

当然、客はこのいいものを狙って、金を出す。

一回二十文だという。招き猫や人形は二十文では買えないが、鼻紙やわらじを二十文で買ったら大損である。

矢場ならこっちから矢を射って景品に当てるが、これはこぶし大の玉を転がして、箱に当てる。

ただ、矢場の景品は動かないが、こっちのはぐるぐる回る。難しさは増すはずだが、見た目が派手で面白い。

矢場と同じで、わきには若くて器量のいい娘がいて、三味線をちゃかちゃかぺんぺんとかき鳴らしている。まったくのでたらめで音階にはなっていないが、景気づけの役目は果たしている。

人気があるらしく、次々に客がくる。

「よし。今日こそはあの招き猫を持って帰るぜ」

と、意気込んで玉を転がすが、隣の鼻紙に当たってしまう。次の客も次の客も駄目である。

「当たらねえな」

と、竜之助が笑った。

「あたしもやってみようかな」

おこうが前に出た。

玉を転がすが、割り箸の箱に当たった。

「ああ、駄目ねえ。悔しいなあ」

簡単そうに見えるので、ますます悔しくなるらしい。おこうはつづけざまに五回試みて、たちまち百文も使ってしまった。おこうにとってははした金でも、庶民にしたら少ない金額ではない。

「これは、回る速さが一定じゃねえんだな。だから、合わせたつもりでもずれてしまうんだよ」

「へえ」

「じゃあ、おいらもやってみるかな」

竜之助はじっと見た。

招き猫が回ってくる。手前までできて、すっと速度が落ちる。そこを見極め、やや遅めに玉を転がした。

見事に招き猫の箱を落とした。

「凄《すご》い、福川さま」

おこうが両手を頬に当て、感激した声をあげた。

「ほら、おこうちゃんにあげるよ」

「嬉しい」

ふと、視線を感じた。

こっちを見て笑っている女。凄みのある笑顔である。

すぐに誰かわかった。さびぬきのお寅《とら》である。寿司をつまんで食べるあいだに、わさびだけを抜き取ることができるという凄腕のスリ。

「たしか八丁堀の旦那でしたでしょ」

と、向こうから声をかけてきた。

「福川だよ」

「そっちは文治親分」

「よお」

文治は気軽に片手を上げた。

「いいんですか、旦那。こんなところで遊んでいて」

「仕事だもの」

「おや、娘っこをつれてですか？」

「勝手についてきただけです」

と、わきからおこうが言った。

「あ、そ。旦那、これ、面白いんですよね。いい歳をして、癖になっちまうんです」

「お寅さんは商売のほうもあるんだろ」

「いやですよ、旦那。あたしは現役じゃないですよ」

「そうなのかい」

「足を洗ってるんですから」

「ふうん」

スリの親分が、スリをしないなんて信じられない。

「町人のサイフはね」

「どういう意味でえ」

「気になさらなくていいんですよ。旦那たちには関係ないところで稼がせていただいてますから」

竜之助とお寅が話していると、おこうの声が上がった。

「ああ、悔しい。見て、福川さま。いま、あとすこしのところをかすったんですよ」

と、顔をしかめた。

その表情が、男にはかわいらしく見えるのを充分知っているといったふうである。

すると、お寅がおこうにいきなり言った。

「福川の旦那は、あんたには惚れないね」

これには竜之助も唖然《あぜん》とした。だが、当たっていなくもない。スリの親分はこっちの気持ちも盗むのだろうか。

「え、どなたですか？」

と、顔をこわばらせておこうが訊いた。

「旦那の知り合い」

「あたしの知り合いじゃないですよね」

そんなこと言われる筋合いではないと言いたいのだろう。だが、むっとしてしまって、うまく言葉が出ないらしい。

「そうだね。でも、あたしは八卦《はっけ》も見るんだよ」

「やあね。ぷん」

と、おこうはそっぽを向いた。

「じゃ、旦那、親分」

去って行くお寅を見ながら、竜之助は思っていた。

——あんな人が母親だったら、倅は大変だろうな。

お寅は小娘の強い視線を感じながら、人混みをゆっくりと歩き出した。

——意地悪だったかね。

と、内心で舌を出した。

あの小娘が心に傷を負っているのは容易に想像がついた。鬱屈《うっくつ》を感じさせる顔。どんなにきれいな顔でも、それは崖に現れる地層のようにはっきりと見えてしまう。

そういう娘はべったり男に頼りがちで、相手も自分も幸せにはなれなかったりする。甘えすぎるのはよくないのだ。

だから、あたしみたいなヤツがぴしゃりと言ってあげたほうがいいのだ。甘えたって幸せにはなれないことを、充分、嚙みしめてきたあたしみたいな女が。

——どうせ、あたしは嫌われ者が似合うんだから。

それにしても、あの八丁堀の旦那。

あんなにやさしい心根で、よく同心なんぞやっていけるもんだ。

たしか、福川竜之助といったはずである。

竜之助。懐かしい名前。心苦しい名前。あの子の名も竜之助だった。ただし、あたしがいたときは竹丸《たけまる》という幼名だったし、いまはいまで、おとなの名を名乗っているだろう。竜之助というのは、あの子が元服してからの名前だった。

——あんな息子になっていてくれたらいい。

と、お寅はしみじみと思った。

どうせ若さまなんてのはわがままで、人の気持ちなんてわからない馬鹿さまになっているのだろう。

置いてきた子。いや、捨ててきた子。ちゃんと抱いてあげたことなど、いったい幾度あっただろう。

わけもわからないうちに田安徳川家の三代目の当主、斉匡《なりまさ》さまの側室にされ、たった一夜であの子を懐妊した。

のびのびと、やりたいことはなんでもしてきた少女時代。この世にさまざまな幸せや、愉快なことが山ほど待っているはずだった。それが、あの子の懐妊で、ぜんぶ持っていかれた気がした。子どもがかわいいなんて、とても思えなかった。

むしろ憎みたかった。憎んで、忘れてしまいたかった。

だが、憎みきれないのも、忘れられないのも事実だった。

「姐《ねえ》さん」

若い男がすっとそばに寄ってきた。いなせないい男である。さっきの同心もいい男だったが、こっちの男には険がある。

「おや、弁治《べんじ》。来てたかい」

「お寅姐さん」

反対側のわきからも声がかかった。

「ああ、おかじに喜助《きすけ》。どうだい、今日の稼ぎは?」

お寅はいつの間にか、三人を引き連れるようにして歩いていた。

さびぬきのお寅は、いまや伝説の名人になりつつある。

六

浅草から銀町にもどった竜之助は、さらに火の見櫓の周囲をぐるぐる回った。

やはりああいう高いところにいるということは、ある地点と、ある地点の中継ぎになっているのではないか——そうとしか考えられなかった。

それはなんなのか？

しかも、浅草の遊技場で発揮した特技が関係あるとしたら——。

竜之助は、近くの別の火の見櫓に登ってみた。

南新堀《みなみしんぼり》二丁目の火の見櫓。いい景色である。番太郎は半日で飽きると言ったが、これなら暇なとき一日ここでのんびりしていたい。大川がよく見える。雨がないこともあって、流れはおだやかである。白い冬の雲が、水面に映って揺れている。

こんなところで、何のよからぬ企みが浮かぶのだろう。

銀町の火の見櫓の上では、鱒吉がこちらを眺めているのも見える。

しばらく景色を眺めた。

――ん？

景色の中には、動くものと動かないものがある。動くものは、人、駕籠《かご》、荷車、そして船……。動くものと、動くもの。あの浅草の遊技場では、動く台と動く玉。

――待てよ。

何かが閃《ひらめ》いた。

大川から来る船。霊岸島の新川から来る船。

下手をすると衝突してしまう。

それを防ぐため、大川から来る船は新川の河口からすこし遠ざかり、新川の船も速度を落として河口に出てくる。

だが、逆にわざとぶつかろうとするなら、それはできないことではない。こんなふうに上から見ている者がいて、新川の船の速度を扇かなにかを使って指示することができたとしたら。

向こうの火の見櫓の鱒吉の手元を見た。たしかに扇を持っている。

動くもの同士を操るにはかなりの勘が必要になる。だが、鱒吉のあの遊技場のわざをもってしたらできないことではない。

船同士をぶつける。おそらく、ただ、ぶつけるのではない。大川から来る船の一部を狙って突き当たらなければならない。

それは至難の業だろう。

荷物の強奪か――。

だが、わざわざこんなところでやらなくてもいいし、積荷に激突したら壊れたりもするだろう。

――なんだろう？

竜之助はあと一歩のところまできていると思った。

七

夕暮れどきまで火の見櫓の下にいて、カラスの鳴き声にうながされるように竜之助は奉行所に帰った。

先輩同心たちに混じって、今日の報告を聞き、雑談に加わり、茶を飲んだ。こうやって一息つくときも、竜之助が充実感を覚えるときである。

ただ、火の見櫓の鱒吉のことは気になる。あいつだって家に帰って、存分に手足を伸ばして寝たいに決まっている。火の見櫓の上など、風は吹きっさらし。冷えてろくろく寝ることもできないだろう。

「見習いの福川ってのはいるかい？」

あまりよく知らない同心が声をかけてきた。

「おいらですが」

「わたしは牢屋見回りの渡辺《わたなべ》というが……」

奉行所には牢屋見回りという役目があり、与力ひとり、同心三人がこれを担当した。ほぼ毎日、小伝馬町の牢屋敷に行き、仕置きの執行がきちんと行なわれているかを確認するのが役目である。

「いま、小伝馬町の牢にいるおきぬっていう女囚を覚えてるかい？」

「もちろんです」

妻恋《つまごい》稲荷の祭礼の夜に、亭主を殺した女である。

竜之助が最初に手がけた殺しであり、おきぬは初めてお縄にした下手人だった。忘れられるはずがない。

「そのおきぬが、島流しになるのさ」

「島流しでしたか」

「おぬしの添え書きなどもあって、情状が酌量された。もっとも、八丈島《はちじようじま》もかなり厳しいところらしいがな」

「そうですか」

「この何日かは、沖合いの風が強くて待機していたんだが、いよいよ明日、出航することになった。それで、おきぬが福川さまに伝えてもらいたいと」

「はい」

緊張した。恨みの言葉だろうか。

「福川さまにはお世話になりましたとお伝えしてください、そう言ってたぜ」

「そうでしたか」

胸の奥にこみあげるものがあった。もちろんお世話なんてしていない。捕縛しただけである。

だが、竜之助は罪を犯す者のせつなさや悲しみを感じ取った。そうした思いは、おきぬにも届いたのではないか。

流人船《るにんせん》は永代橋のたもとから出る。沖合いまで行き、そこからまた外海に出る大きな船に乗り換えるのだ。

去年の秋に、その流人船の出航を見送ったことがある。見送りの人たちでごった返していたものだった。

「じゃあ、伝えたぜ」

渡辺はそう言って、奥の詰所にもどって行った。

そうか、明日が船出か。永代橋のたもとから、流人船が出る……。

閃くものがあった。

「渡辺さん。お待ちください」

後ろから追った。

「どうした、福川。血相を変えて？」

「その明日出る流人船の中に、大物はいませんか？」

「大物？」

「ええ。まだ、巷《ちまた》には子分どもが残っているような」

「ああ、いるよ」

「誰ですか？」

勢いこんで訊いた。

「赤蝮《あかまむし》の末蔵《すえぞう》だよ。この野郎は殺しもやっているはずなんだが、うまく言い逃れやがって、なぜか島送りで済んじまいやがった」

「そいつだ！」

と、竜之助は嬉しげに大きな声を上げた。

八

すぐに同心たちが集まると、竜之助の推測について検討した。

「なるほど。そりゃあ、ありうるぜ」

「まだ、野郎の子分は少なくとも四、五人は、逃げてるんだから」

「しかも、末蔵って野郎は、そういう大がかりなことが大好きなんだ」

こうして、明日の襲撃を警戒し、流人船に奉行所の者が乗り込むことにした。

「乗せないで、入れ替えておくってのは？」

「それは無理だ。永代橋のところまでは、歩いていくんだから。子分たちは道端で見ているに決まっている」

「それよりは、福川の言うように、ぎりぎりでぶつかってくる船を回避し、いっきに敵の船に乗り込んだほうがいい」

「そうしよう」

と、作戦も決まった。

「その前に、赤蝮の末蔵の顔と今宵のようすを確かめておきたいのですが」

と、竜之助は言った。竜之助だけが末蔵の顔を知らないし、予定が変わることも考えられる。

牢屋見回りの渡辺とともに、小伝馬町の牢に赤蝮の末蔵を見に行くことにした。渡辺は仕事熱心な男で、もう一度引き返すことも厭《いと》わなかった。

牢屋敷は初めてである。

暗く陰惨な感じがする。饐《す》えた臭いもたまらない。

牢屋は大きく東牢と西牢にわかれているという。西の牢にはおもに無宿者の罪人が入るとのことだった。

「福川が捕まえた女囚にも会っていくかい？」

「いや。けっこうです」

つらくてとても見る勇気はない。向こうも嫌なのではないか。明日、船を見送るときにでも、声をかけてあげることにしたい。

末蔵は東の大牢にいるという。

牢の外にいくつか明かりが灯《とも》るほか、中は真っ暗である。

「どうやって顔を？」

と、竜之助は渡辺に訊いた。

「なあに、牢の外から名前を呼んでがんどうを当ててるから、よく見てくれよ」

「お待ちください。末蔵に直接、声をかけたりしたら、怪しまれるのでは？」

「そうだな。では、こうしよう。明日、同じ船に乗る松吉《まつきち》というのがいる。こいつは昨日あたり腹痛を起こしてたので、そいつに声をかけよう。そのとき、末蔵の顔が見えるようにする。野郎は畳を重ねた上でふんぞり返っているからすぐにわかる」

「わかりました」

渡辺のあとについて、東の大牢の前に行った。

「松吉、いるか？」

と、渡辺は声をかけ、がんどうの明かりを牢内に向けた。

末蔵はすぐにわかった。畳の上に寝そべっていたが、こっちに顔を向けた。目も鼻も大きい。口だけがおちょぼ口である。

「へい、なんでしょう」

松吉の返事がした。末蔵のところからはすこし遠いが、渡辺はさりげなく、末蔵のほうにも明かりが届くようにした。

「腹痛は治ったか？」

「へい。どうにか」

「明日は船出だからな」

「へい」

すると、わきから末蔵が声をかけてきた。

「渡辺さま。そっちのお役人は新米ですか？」

「うむ。福川というのさ」

「へえ。それは残念だなあ。島に行く前にいろいろからかってあげようと思ったのに」

末蔵は余裕綽々《しゃくしゃく》である。

明日の決行はまちがいない。

ずいぶん調子に乗って、末蔵はこんなことまで言った。

「なんだか、変にいい男で、頼りになりそうもねえ。こんな牢屋役人なら、牢破りくらいできたかもしれねえなあ」

九

明日の準備を終え、かなり遅くなってから役宅にもどると、玄関口で後ろから呼び止められた。

「福川さま」

おこうが立っていた。笑顔だが、なにか必死なものも感じる。

「おこうちゃん……どうしてここを？」

「狆海さんに訊きました。お届けしたいものがあるのでと言って」

家には声をかけず、そこの角でずっと待っていたらしい。

教えずにいた八丁堀の役宅も知られてしまった。

「あの、これ」

と、手に持っていた包みを捧げるようにした。

「なんですか？」

「身につけるものはまずいとおっしゃったので、自分でつくったお菓子を召し上がっていただこうと思いまして」

「いやあ、まいったなあ」

「店の材料でつくったので、お金なんてほとんどかかってませんから」

なんとか断わろうと思っていたら、

「おや、いただきものでございますか」

家の中からやよいの声がした。

ろうそくを持ち、玄関に三つ指をついて座っている。

また、こんな夜だというのに、きちんと化粧をしていて、輝くばかりに色っぽい。

「まあ」

と、おこうが驚きの声をあげた。

「おあがりになります？」

やよいが訊いた。

「いや、遅いし、それは」

竜之助はなんとしても帰らせたい。

おこうは呆然《ぼうぜん》として、

「お独り身でなかったなんて……」

と、つぶやいている。

そのとき、やよいの後ろから、

「福川さま。お帰りなさい。あ、おこうさんも。遅かったですね。つい、うっかり教えてしまったので、まずかったかなあと思って……」

と、狆海がやってきた。

恐ろしく大人びているが、ときおり十歳の無邪気さが顔を出してしまう。

「狆海さん。そちら、ご新造さま？」

「やよいさんはちがいますよ」

「そうなの。下女？」

声に元気がもどってきた。あげくはぐいと身を乗り出し、

「じゃ、ちょっとだけ上がって、挨拶させてもらって……」

十

流人船は、八丈島へ島流しを言いつけられた者が乗る船である。

ふつうは春秋の二度出るが、多いときは三度、四度と出航した。このところ世が騒然としていて遠島刑を言い渡される者が増え、牢もいっぱいになってきたせいもあり、急遽、冬の荒海に船を出すことになった。

囚人たちは小伝馬町の牢から永代橋のたもとに連れて来られる。こちらの永代橋詰めから品川沖の千石船《せんごくぶね》まで送り届けられる。こちらは恩赦で帰ってくるがほんとの流人船だが、江戸っ子もそこまでは見送ることができない。

ここと、もう一ヵ所、芝《しば》の金杉橋《かなすぎばし》詰めからも流人船が出る。こちらは恩赦で帰って来る者が多いが、永代橋詰めのほうは、島暮らしは永代になると言われた。

見送りの者も大勢集まっている。親類縁者のほかにも、有名な悪党の姿を一目見ようという野次馬たちも混じっている。

「あれが赤蝮の末蔵だぜ」

「たいした面構えじゃねえか」

などという声も聞こえる。江戸っ子にはかなり名を知られているらしい。

声がするたび末蔵はそちらを向き、歌舞伎役者が見得を切るように、首と目をぐるりと回した。

「ほら、早く乗り込むんだ」

牢役人にうながされ、囚人たちが次々にはしけに乗り込んでいく。

「じゃあな、達者でな」

「恩赦だってあるんだから、気を強く持つんだぞ」

見送りの者に囚人たちは深々と頭を下げた。

ひとり末蔵だけが、見送りの者もいないのに、にたにた笑みを浮かべていた。

小さなはしけだが、十五人の囚人が乗り込んだ。末蔵は割り込むようにして、船のいちばん前のほうに座りこんだ。どうやら手下の船は、船尾のほうをめがけて激突してくるらしい。

竜之助は船頭に化け、河岸とは反対側の船上に待機していた。手ぬぐいで頰かむりをしている。このはしけには、ほかに文治と同心がもうひとり乗り込んでいた。

また、新川付近には釣り船や荷船を装った三艘の船に、奉行所の同心や小者が十二名ほど待機している。

敵が何人で襲撃してくるのかわからないが、これだけいれば足りないことはなさそうだった。

「船を出せ」

はしけが大川を滑り出した。

新川までは二町もない。銀町二丁目の火の見櫓の上で、鱒吉が扇をぐるぐるとかなりの速さで回しているのが見えた。

新川の河口まで来たとき、一艘の船が突進してきた。ふいを打たれたら慌てただろうが、予想していたことである。

「そおれ、来やがったぞ」

「よし、回れ、回りこめ」

船頭たちが大声で指示し合う。

大きく舵を切り、並ぶようにして激突をかわした。

同時に、竜之助と文治、さらに同心がこの突入してきた船に飛び移った。

「なんだ、てめえらは」

「お前たちの計画はお見通しだ。神妙にしろ」

「なんだって」

こっちの船にいた子分は三人だった。

前にいた髭面《ひげづら》の男が、

「親分。いま、助けますぜ」

怒鳴りながら、匕首を突き出してきた。

これをかわし、しゃがみこみながら肘の関節に手を当てると、子分はぽんと大きく飛んで、空中で一回転。腰から川に落ちた。

あとのふたりも竜之助の敵ではない。隠していた十手で、首と肩を叩くと、たちまち崩れ落ちた。

「さあ、こっちは片づいたぞ。そのまま行ってくれ」

と、竜之助は流人船に声をかけた。

前にいた末蔵は、啞然として声もない。

「おめえは、昨日の……」

「やっと気がついたかい。あいにく牢破りはさせられなかったな」

末蔵はなんとも悔しげに唾を吐き散らし、

「島抜けしたら、ぶっ殺してやる」

と、喚《わめ》いた。

竜之助はほかの囚人たちの顔を見た。

すると、後ろのほうにいた女囚が、

「あっ」

と、声をあげた。

「福川さま」

「おきぬさん。気をしっかり持って、おつとめなさってくださいよ。恩赦だってあるんですから」

竜之助が声をかけると、

「はい。ありがとうございます」

きっぱりした返事が聞こえた。


銀町二丁目の火の見櫓のところにもどって、

「鱒吉、もう大丈夫だ。降りてこい。お前を脅したやつらはみな、お縄にした。お前は罪になることはしておらぬ。安心して降りてこい」

と、竜之助は下から声をかけた。

「ほんとですか」

鱒吉は降りてくると、深々と頭を下げた。

「お騒がせして申し訳ありませんでした」

「なあに、脅かされたんだってな。いいってことよ」

と、町役人もやさしくうなずいた。

妹のおみつが駆け寄った。

「あんちゃん。怪我は？」

「そんなの大丈夫だ。それより、おめえも無事だったかい？」

「大丈夫だったよ」

兄妹が互いの無事を確かめたところで、

「やつらには浅草で声をかけられたんだろ？」

と、竜之助は鱒吉に訊いた。

「そうなんです。奥山で、玉を転がして景品を落とす遊びをやっているところに、うめえもんだな、動くものと動くものをぶち当てるのは難しいんだよなって」

「やっぱりな」

「ほんとにそうなんです。簡単に見えるけど、難しいんです。たぶん、生まれついての勘働きがいるんだと思うんですが」

「まったくだよ」

と、竜之助も賛同した。

「それで、そいつはじいっとおいらのやるところを見てたんですが、船と船ならできるかい？　って訊いたんです。船と船ってどういうことだいって訊くと、大川を下る大きな船に、新川から来る小さな船をぶつけるんだと。そのようすを思い浮かべて、高いところからそれを見ながら、手で合図できればやれるだろうって思いました」

「うむ。それで？」

「ただ、その男は胡散《うさん》臭い感じでしたからね、できるけど、おいらはそんなことはやらねえと答えました。でも、野郎はそのあと、おいらのことをつけてたみたいで、おみつがひどい目に遭《あ》わされたくなかったら、この火の見櫓に上がれと……」

「なるほど。おいらが想像したとおりの筋書きだったぜ」

竜之助は嬉しげにそう言って、持っていた十手を指先でくるくると回し、さっと腰の帯に突き刺したのだった。

十一

つけられていた。やはり、複数いた。

四人、五人？　いや、もっといた。六人、七人ほどはいそうだった。

十七日の月は、地面に人影を刻むほどに明るかったが、濃い雲の群れが次々に流れてきて、地上にめまぐるしい明暗の変化をもたらした。

暗くなると、その者たちは近づいてきて、ときにすぐ近くを走り抜けたりもし、雲が途切れると遠ざかった。

月明かりにときおり浮かび上がる影は、夜の陽炎のようだった。

囲んでいても攻めてくる気配はない。

——なぜ攻めてこぬのだ。

竜之助は立ち止まった。橋の上である。下を楓川《もみじがわ》が流れる越中橋《えっちゅうばし》の上である。真ん前は、伊勢桑名《いせくわな》の松平越中守《まつだいらえっちゅうのかみ》の屋敷。この時刻になれば、ほとんど人けはない。

「肥前新陰流と聞いている。そのように奇怪なことをなさる流派なのか」

「……………」

返事はない。

だが、緊張した息づかいは感じる。

こっちから攻撃をしかければ、立ち向かってくるのか、逃げるのか。

もしかしたら、こうして精神のほうを先に追いつめて消耗させるという戦法なのか。武芸は勝つためのものである。どのような策略があっても不思議ではなかった。

「もとより好んで戦う者ではない。刀をおさめ、お引取りいただければありがたい」

「……………」

これにも返事はなかった。月明かりの下で、夜の陽炎たちがどんな思いを秘めてひそんでいるのか、竜之助には想像することができなかった。

第三章　雪だるまの首

一

　徳川竜之助は、三年橋《さんねんばし》のたもとに出ている屋台のそば屋をのぞきこみ、立ち上がる湯気のなかに顔を突っこむようにして、

「よう。天ぷらそばをもらおうかな」

と、声をかけた。

「へ、毎度」

　この五日ほど、毎晩、立ち寄っている。人のよさそうなおやじに、顔もおぼえられたらしい。

　ちょっともどりが遅くなっていることもあるが、ここでふうふう言いながら立

って食べるそばの味が気に入っている。

役宅に帰れば、やよいがつくった晩飯が待っているのだ。これはお世辞なしに素晴らしくうまい。夕べも豆腐とネギとキノコの小鍋がうまくて、そばを食ったあとなのに、飯を三杯もおかわりしてしまった。

そんなうまい飯があるとわかっていても、ここのそばが食いたくなる。やよいのつくる料理は、人柄とはすこし違って、温かくてやさしい味がする。ここのそばは、だらしなくて適当だが、なぜか居心地がいいという味なのである。雲海和尚を煮こんでだしを取ると、これに近い味になるかもしれない。

しかも、やよいの飯はこうして外で立って食うわけにはいかない。だが、星が散らばる夜空や、掘割に映る明かり、通り過ぎる人々などを見ながら、冷たい風に肩をすくめてすするそばがいいのである。

大げさに言うと、名もなき人生の哀感がある。

「お待ち」

そばが出た。端がすこし欠けたどんぶりをつかみ、そばをたぐる。白い湯気が夜の中に流れる。ずずっといく。

「うまいな」

「どうも」

「明日も頑張ろうって気になる」

「そんなふうに言って食べてもらったら、こっちこそそう思いますぜ」

おやじは嬉しそうに言った。

あっという間に中身は腹に消える。

「あ」

と、竜之助は声をあげた。

「どうしました？」

「降ってきたよ」

雪である。大粒の雪がたちまち空を埋めつくしている。手のひらで受けると、湿り気は少ないが、ずいぶん大粒の雪である。

「こりゃあ、積もりますぜ」

そば屋のおやじが身を縮こまらせて言った。

いつもだと、無駄話をしたりするが、早めにもどることにした。

「またな」

「おやすみなさい」

夜の町を急ぐ。

途中、振り返った。やはり、つけてきている。数はそう多くない。ひとりかふたり。だが、このところ、毎晩だった。

八丁堀の役宅に着くと、玄関先に小さな子どもがいて、やよいが相手をしているところだった。

「どうしたい、実家に置いてきた子どもが訪ねてきたかい？」

「冗談おっしゃってる場合じゃないですよ。これ」

と、やよいは険しい目で書状を見せた。宛名は徳川竜之助どの、裏に柳生全九郎とあった。

柳生全九郎が竜之助に果たし状を届けて寄こしたのだ。

それにしても、届けてきたのは、こんな小さな子どもでも用が足せるのかと心配になるほどである。歳を訊《き》いたら、指を二本出した。

すぐわきの長屋の子どもらしい。

問いただしても、どうせ、誰に言われたかもわからない。

「ありがとよ、坊や」

と、飴玉を持たせて帰らせた。

竜之助は書状を開いて読んだ。短い文面ですぐに読み終える。

「なんと、書いてあるんですか？」

「明日の夜、湯島聖堂で待つってさ」

「まあ」

「あそこの講堂でやるつもりなんだ。悪い野郎だぜ。夜中に入り込んで、果たし合いをするつもりなんだから」

むろん風の流れは封じ込められ、風鳴の剣も息ができなくなったように右往左往することになる。

「それで、どうなさるんですか？」

「受けねえよ、こんなもの。返事を書くさ。もう、そなたとは戦いたくない。亡くなったまさ江さんも、それは望んでいないだろうとな」

と、竜之助は眉をひそめて言った。

「返事はどうするのですか？　居場所がわからないのですから、飛脚にだって頼むことはできませんよ」

「なあに。その門のところにでも貼り付けておきなよ。全九郎のお仲間が持ってってくれるさ」

竜之助は門柱を指差した。丸木の上のところにもう雪がふっくらと積もっている。

「でも、諦めるわけはないと思いますよ」

と、やよいは不満げに言った。

「そうしたら逃げるさ。あいつは、表じゃ戦えねえんだもの」

「逃げるのですか？　卑怯者《ひきょうもの》呼ばわりされますよ」

「別に逃げることが卑怯だとは思わねえもの」

「変わってますね、若さまも」

「やよいに言われたくない」

と、竜之助はのん気なものである。

貼っておいた返事の書状は、やよいがちょっとあとに見てみると、すでに無くなっていた。もうあたりは雪でおおわれていたが、不思議なことに足跡は見当たらなかった。

二

翌朝――。

夜中の雪は一尺近く積もって熄《や》み、四つ（午前十時）になったいまは真っ青に晴れあがっている。

たぶん、今日の空を柳生全九郎はちらとも見ようとはしないだろう。落ちていくような空。竜之助に言わせれば、飛びこみたくなるほどに澄んだ空。

屋根に積もった雪は早くも溶けはじめ、ぴしゃぴしゃと軒下に落ちている。多頭のヘビが舌なめずりしているような音にも聞こえた。

「あら、虚無僧《こむそう》が」

と、やよいが玄関のあたりで声をあげた。

虚無僧は役宅の門のところに立ったらしい。

ぷぉおおい、ぷぉ……。

と、尺八を吹き出した。

「うるせえなあ」

竜之助は布団の中でつぶやいた。今日は非番である。疲れもたまっているし、昼くらいまでは寝ていたい。

だが、なかなか立ち去らない。どんなやつだと、寝間から首を出して虚無僧をちらりと見た竜之助は、にやっと笑った。

「爺《じい》。うまく化けたがまだまだだな」

「やはりばれましたか」

と、編み笠をぬいだ。支倉辰右衛門である。田安家のなかで、ただ一人、竜之助のことを思いやってくれた人である。

また変装してきたのだが、ばれても嬉しそうにしている。

「どこがいけませぬか」

竜之助の意見を参考にして、変装の腕を磨くつもりらしい。

「そんなに糊の利いた着物を着ている虚無僧はいねえもの。尺八だって新品だろ。もっとうらぶれさせなきゃ」

「たしかに」

「それと尺八の音色がひどすぎるぜ」

「いやはや、たいした洞察力ですな。感心しました」

「世辞はいいって」

「じつは、その洞察力をお借りしたいのですよ」

そう言いながら、ずかずか上がってきて、竜之助の枕元に座った。

竜之助も起きざるを得ない。

「借りるって爺がかい？」

「いえ、わたしではありませぬ。じつは、わたしの幼いときからの友人で、まあ無二の親友と言ってもいいくらいなのですが、その男が、大身《たいしん》の旗本の家で用人をしております。その家で、昨夜、奇怪なできごとが起きましてな。屋敷の者たちがいくら首をひねってもさっぱりわからない。それで、わたしの知り合いで頭の切れる者はいないかと相談に来たわけです。もちろん、わたしはすぐに若のことを思い出しました」

そう言って、支倉は思い切り胸を張った。

「そいつは光栄なこって」

と、竜之助は気のない返事をした。

「それで、まあ、わたしも同心は早くやめていただきたいとお願いしているので、多少、言いにくい面もあるのですが、なにせ、竹馬《ちくば》の友の頼みでもあるので……」

「そりゃあ、友は大事にしなくちゃな。それで、なんだよ？」

「身分を隠して謎を解いてやってもらいたいのです。奉行所の同心でもなく、もちろん田安の御曹司でもなく、単なる素浪人として」

「ほう」

　と、竜之助の顔が輝いた。

　こんなに気をそそられる頼みを支倉の口から聞いたのは二十何年間のつきあいで初めてではないか。

「もちろん、危険な真似はなさらなくてけっこうです」

「別に危険なことも平気だけどな」

「いや、それはけっこうです。現場をぱっと見て、ぱっと謎だけ解いてくだされぱけっこうですから」

「ぱっと見て、ぱっと謎を解く？」

　そんなことはありえない。ぐるぐる歩きまわり、知恵の限りをふりしぼってやってきている。

「若の洞察力は素晴らしいと、このあいだ小栗《おぐり》からも聞きました」

　小栗忠順《ただまさ》は前の奉行で、この小栗の決断のおかげで竜之助は同心をやることができたのである。

「あの小栗がほめるのですから、若なら楽なものです」

「そううまくはいかねえと思うぜ。まあ、ざっと聞かせてくれ」

「いや、これはわたしが下手なことをしゃべって予断を与えてしまうより、若が直接、見たほうがいいと思われます」

「なるほどな」

支倉はトンチンカンなところは多いが、阿呆ではない。謎解きの要諦はちゃんと理解しているらしい。

「山崎丹後《やまざきたんご》といって、七千石の旗本です」

「ふうん。七千石かい」

旗本といっても、二百石、三百石あたりが多く、三千石あたりになるとずいぶん少ない。まして七千石といえば、一万石から大名だから、ほとんど大名格である。しかも、過剰な家来を抱えたり、大名行列で無駄なお金を使ったりということもないので、内証《ないしょう》は下手な大名より豊かだったりする。

「だが、寄合《よりあい》ですから」

とくに役職はないということである。御家人でいえば小普請組で、仕事がなく、暇をもてあましがちである。

「屋敷は蠣殻河岸《かきがらがし》の近くで、ここからすぐです。かんたんに解決して、昼飯もここで食べられますぞ」

ずいぶん調子のいいことを言う。

まるで謎々遊びつきの物見遊山《ゆさん》のようではないか。

「若さま。支倉さまの御用など無理して引き受けることはないと思いますよ」

と、わきからやよいが言った。

「おい、やよい、そういうことを言うか。そうか、残念だなあ」

「何がです？」

「うむ。じつは若ひとりでは大変なので、嫁御もいっしょに差し向けると言っておいたのだ。若にべったり寄り添ってもらおうかと思ってたのだが……」

「嫁御ですって」

やよいの声が甘ったるくなった。

「ああ。だが、嫌ならしょうがない」

「若さま。やってあげましょ」

「なんだよ」

あまりの変わりように竜之助は呆れてしまう。

「だって、他ならぬ支倉さまの無二の親友とおっしゃるのですもの」

やよいが言い張って、結局、引き受けることになった。

三

支倉が帰っていくと、急いで朝食をすませ、さっそく蠣殻河岸に向かうことにした。

ところが、役宅を出たところで、

「福川さま」

と、呼ぶ声がした。

振り向くと、堀の向こう、霊岸島のほうでおこうがこぼれるばかりの笑顔で手を振っている。

やよいが無視をしろというように首を横に振ったが、それもかわいそうな気がして、

「よお、おこうちゃんか。そんなところでなにしてんだい？」

と、訊いた。

「これですよ」

と、わきの雪だるまを指差した。

おこうの胸のあたりまである大きな雪だるまが、こっちを向いて笑っている。

「おこうちゃんがつくったのかい？」

「ええ」

おこうはたしかお佐紀より二つ下といっていたから二十歳は過ぎているだろう。それにしては子どもっぽいところがある。

「わざわざここまで来てかい？」

おこうの実家は日本橋の通二丁目である。遠くはないが、雪だるまをつくりに来るほど近くはない。

「ここ、うちの店の保養所にしたんです」

と、後ろの二階建ての家を指差した。黒板塀に囲まれた瀟洒《しょうしゃ》な建物である。保養所というよりは、お妾の家がふさわしい。

「え。堀を挟んでちょうど真ん前じゃないですか」

やよいが呆《あき》れた声で言った。あいだにけっこう距離があるので、ふつうに話したくらいでは届かない。

「根岸の里の別宅はどうしたんだい？」

と、竜之助が訊いた。

「あそこは物騒なんで、八丁堀の近くなら、悪人たちも近づかないって、おとっつぁんも言ってくれて移したんです」

たしかに八丁堀の町人地には、それが目当てで住んでいる者も少なくない。だから、家賃の相場も周辺よりは高いらしい。

「そうなのかい」

「なにせ、金に糸目はつけないですから」

と、やよいがまた怒った声で言った。

「おでかけですか？」

おこうが訊いた。

「ああ」

「あたしもいっしょにいいですか」

「あのな、おこうちゃん。おいらたちの仕事は善良な人だけを相手にするんじゃねえんだ。どんな危険が待ってるかわからないんだぜ」

竜之助がそう言うと、やよいが後ろで、「そう、そう」と言った。「お嬢ちゃまは犬の相手でもしてなさいよ」とも。

「でも、今日は同心の格好じゃないですよね」

「そりゃあ、同心とわからない格好で動くときもあるから」

やよいが後ろで、「そんなこともわかんないのぉ」と言った。

「そうなんですか」

おこうはがっかりしてうつむいた。

「とくにこれから行くところは、危険な臭いがするところなんだ。またな」

と、歩き出した。

雪かきの人たちが大勢出ていて、通り道は雪が片づけてある。それでも足元は悪い。竜之助は高下駄、やよいもぽっくりを履いてきた。

「若さま。あの娘、たぶんついてきますよ」

やよいはおこうのことを嫌っている。向こうもそれを感じ取って、やよいをわざと下女扱いしているところもある。

「そうかな」

「そうですよ」

「でも、かわいそうなんだぜ」

「あの娘がですか？」

と、意外そうな顔をした。たしかに一見すると、大店の娘で、顔はきれいだし、わがままいっぱいで育った感じである。あの娘がかわいそうだったら、世の娘たちは立つ瀬がないだろう。

「それが、じつはな……」

と、竜之助はかんたんに昔、あの娘の身に起きたことを語ってあげた。

「へえ、かどわかされたんですか。殺されかけた？　自分の力で逃げ出した？　それはさぞ、怖い思いもしたんでしょうね。そうですか。そんなことがあったんですか」

やよいは考え込んだ。同情の念でもわいたらしい。やはりやさしいところがある。

だが、次の言葉で竜之助はその感想を取り消した。

「だったら、今度から言うことを聞かなかったら、またかどわかされるぞって脅してやりましょうよ」

四

いったん霊岸島のほうに行って、箱崎《はこざき》を抜け、永久橋《えいきゅうばし》を渡った。大川を右に見ながら蠣殻河岸のところを左に曲がると、武家屋敷が並んでいる。通りの景色は一変する。

町人地のほうは、総出で雪かきをし、どんどん掘割や大川に雪を投げ込んでいるが、武家地のほうはほとんどがまだ積もりっぱなしである。屋敷の中間《ちゆうげん》たちが、いかにも嫌々つくったというふうな通り道をすこし行くと、山崎丹後の屋敷だった。

およそ四千坪といったところか。

あたりには一万石ほどの大名屋敷がいくつもあるが、そちらより山崎の屋敷のほうが広々としていた。

門の上にカラスが三羽とまって、こっちを見下ろしている。雪のなかのカラスはいつもより目立ち、禍々《まがまが》しい感じがした。

門番に、

「福川といいます」

と、名を告げると、すぐに用人の相馬《そうま》仙右衛門《せんえもん》がやってきた。

目が大きく、目尻が垂れている。唇の端がすこし上向きになっている。一目見たとき、家族に新しい幸せでもやってきたのかなと思ったが、そういうことではないらしい。生まれつきこういう縁起のいい顔のようだ。どんなつらいことにも負けない、無敵の笑顔。

「こちらは？」

「妻のやよいです」

と、恥ずかしそうに自分で名乗った。恥ずかしがるな、と竜之助は言いたかった。

「足元が悪いところを申し訳なかった。さ、いったん暖まられよ」

門のわきに火鉢が用意されていた。山のように積まれた炭が、かんかんに熾《お》きている。

暇なときならなによりの馳走だが、

「いや、そんなことよりすぐに現場を」

と、竜之助は言った。

「さようか。では、こちらに」

と、庭の奥に案内された。

樹木の多い庭だが、常緑樹は少なく、冬枯れた感じがただよっている。こちらの庭にもカラスは多い。もしかしたら、臭いを嗅ぎ取って集まってきたのかもしれない。

茶室のような離れがあった。

新しい建物で木の香りもする。雪をかぶって光っている姿は、ここが寺院の一画のような気がした。

一見、茶室に見えても、つくばいもにじり口もない。玄関もなく、階段からすぐ廊下に上がっていくようになっている。

外向きは板戸になっているが、その板戸が半分ほど開いていて、中に檻のように太い格子が見えた。

入り口のところに若い侍がひとり待っていて、

「あるじのそばにいる松村《まつむら》です」

と、挨拶した。

「この建物は……？」

薄々見当はついたが、いちおう訊いた。

「座敷牢だ。問題はこの中でな……」

と言いながら、相馬は板戸をぜんぶ開け放った。ちらっと見ただけでも、嫌なものがある気配があった。

背後の庭で、カラスたちがばさばさと羽音を立てた。

「ご新造は見ないほうがよいぞ」

「いいえ、大丈夫です」

だが、見てすぐに、やよいは、

「おえっ」

と、うずくまった。顔をしかめ、本当に吐きそうだった。

異様な光景だった。

座敷牢の真ん中にごろんと首だけがあった。倒れてはおらず、ちゃんとこっちを向いていた。

竜之助は一歩前に出て眺めた。

いい男だった。

こんな異様な姿になっても、まだいい男だというのは、よほどいい男と言えるのではないか。

目を見開いている。切れ長の大きな目。鼻筋が通り、口が引き締まっている。見事に整っているのだ。強いて欠点を探せば、眉が長すぎるくらいか。だが、それも男らしさを感じると見る人は多いだろう。

髷《まげ》もざんばらにはなっておらず、きちんと結《ゆ》われている。

戦国のころ、武将が首をとられると、首実検のために化粧がほどこされたらしい。これも首化粧がなされたのか。

　じっと見ていたら、作り物のように思えてきて、

「本物ですか？」

と、思わず訊いた。両国広小路の見世物小屋で流行《はや》っている活人《いき》形をおどろおどろしくせず、上品につくればこうなるのではないか。このまま菊人形の首にでもしたいくらいである。

「うむ。本物だな」

根っからの笑顔をどうにかすこしだけ曇らせ、相馬はうなずいた。

「ほう……」

と、あらためて感心し、

「見つけたときのままですか？」

「いったんは檻を開けて、中にも入った。首は箱におさめかけたが、ここをきちんと検分してもらうには、見つかったときのままがいいだろうと、元にもどしたのじゃ」

「それはよかったです。それにしても……」

こんな異様な光景は、同心になってからも見たことがない。町人たちのあいだ

で起きる人殺しでは、こんなふうな死体はなかなか出ないのではないか。悪党の下手人でも、自分がつくった死体を怖がり、あわてて逃げ去ってしまう。

「誰なのですか？」

と、竜之助は訊いた。

「あるじの丹後さまの弟君、与三郎《よさぶろう》さまだ。素行が悪く、異人館の焼き討ちを計画しているらしいというので、あるじもどうにもたまらず、ここに入れることにしたのよ」

相馬が言った。無敵の笑顔はこんなときも崩れない。

「いつ、こんなことに？」

「昨夜、暮れ六つ（午後六時）に晩飯をお届けしたときは、いつもの通りだった。それ以降は、少なくとも屋敷の者は近づいておらぬはず。そして、暁《あかつき》の七つくらい（午前四時）に、たまたま早起きしていた向こうの長屋の中間がここの板戸が半分開いているのが見えたので、おかしいと見に来た。すると、このように首だけになっていた」

「なるほど」

「それから二刻（四時間）ほど、あるじともども首をひねったが、なにが起きたか見当もつかぬ。そこへちょうど、碁を打つ約束をしていた支倉どのがやって来た」

「そういうことでしたか」

いやに相談に来るのが早いと思ったら、支倉がすぐにわしにまかせろくらいは言ったからだろう。

だが、そこから虚無僧に変装してきたのだから、動きはなかなかすばやい。

「ここのカギは？」

「あるじの手元にございます」

と、松村という若い侍が言った。

「無くなってませんか？」

「いえ、あります。昨夜はあるじも屋敷におりました。わたしもカギがあったことは覚えています」

「そのカギを使うには、母屋にまで押し入らなければなりませんね」

「そういうことです」

「でも、合鍵はあるでしょう？」

「ありません。座敷牢に合鍵はいらぬと、おつくりになりませんでした」

「ううむ。そういうことか」

竜之助は腕組みして唸《うな》った。

カギは開かないが、中の男は殺され、首だけになっていた。

なるほど奇怪なできごとである。

お佐紀に教えてあげたら、さぞかし飛ぶように売れる瓦版をつくることができるだろうが、あいにくそれはできない。

「山崎さまはこのことでなんとおっしゃっておいでですか？」

と、竜之助は訊いた。

「こんな奇怪なまま葬るのも、手足がないままというのもかわいそうだと。せめて、なにゆえにこんなことをされたかわかってやらないと、成仏も難しいだろうとおっしゃってな」

と、相馬は答えた。うやむやにするつもりはないらしい。

竜之助は周囲を見た。

長屋のあたりには小者が何人も出ているし、母屋へ向かう小道でも何人かがこちらをのぞいていた。

「どういうことかわかったかな？　支倉どのは、福川はどんな難問もたちまち解決すると言っていたが」

「それは……」

いくらなんでも無理というものである。これだけで当てたら、はずれのない占い師か下手人だろう。

「もうすこしよく見せてもらいますよ」

と言って、竜之助は上の廊下にあがり、格子の前にしゃがみこんだ。やよいも吐き気はしのぎきったらしく、あとからついてきた。

格子は太く頑丈で、とても破れるものではない。じっさい、破損したところはまったくなかった。

牢の中の隅に、一尺ほど高くなった寝台がつくられてある。布団が敷いてあり、寝たようなあとはあるが、さほど乱れてはいない。

「血はあまり流れていないようですが」

「見つかったとき、床がずいぶん濡れていました。水をいっぱいかけて、血を洗い流したようでした」

「血を洗い流す？　なんでわざわざそんなことを？　もしかしたら、次に座敷牢に入る人のためだろうか？」

と、竜之助は言った。もちろん冗談である。

やよいだけが笑い、用人の相馬が、

「次に入る人のことまで考えるかね」

と、笑わない無敵の笑顔で言った。

外に出て、もう一度、あたりを見回した。

ここは離れになっているが、小道をたどった先には下働きの者たちが住む長屋もある。大きな声を上げれば聞こえるだろう。

「昨夜、物音を聞いたとかいうことは？」

「みな、ないと言っておった」

と、相馬が答えた。

昨夜は雪が音を吸い取ったということもあったかもしれない。だが、これほどのことをひっそりとやれるものだろうか。

「あれなのですが……」

と、竜之助が指差したのは、離れのわきにつくられていた雪だるまである。妙な格好をしている。下の胴体のところはかなり大きいが、頭はやけに小さい。均衡が崩れた雪だるまである。胴体はかなり大きなもので、子どもがつくるのは難しいだろう。

「誰がつくったのでしょう？」

「さあ」

と、松村は首をかしげ、遠巻きに見ている屋敷の者に、

「この雪だるまは誰がつくった？」

と、訊いた。

だが、みな、首を横に振るばかりである。

夜中にそっと雪だるまをつくる酔狂《すいきょう》な人間がいるらしい。

そういえば、雪だるまの中から死体が出たという奇怪な殺しの話を聞いたことがある。まさかこれはちがうだろうなと、近くにあった篠竹《しのだけ》を拾ってきて、ぶすっと刺してみた。ちゃんと向こうに突き抜けた。

「雪だるまが足跡を消してしまってますよね」

と、やよいが小声で言った。

「そうなんだよ」

と、竜之助は答え、ううむと唸った。もしかしたら、雪だるまをつくろうとしたのではなく、足跡を消そうとしただけなのか。足先でぐちゃぐちゃにするより

は、そのほうが自然に見えるかもしれないと――。

　こっちを見ていた用人の相馬が、

「どうかな、そろそろ？」

と、訊いた。学問所の試験官が、よくこんな調子で答案の引き上げを告げたものである。

「ええ。わかりました」

竜之助がそう言うと、相馬や松村のほか、周囲からも、

「おおっ」

と、驚嘆の声があがった。

　竜之助は座敷牢の前に立ち、

「下手人は夜中に裏からでも忍び込んだのでしょう。この離れの戸を開け、与三郎さまに声をかけた。起きてきたところを、持ってきた手槍で胸を一突き。声をあげる暇もありません。それから槍の先で、遺体をばらばらにし、ひとつずつ格子のあいだから引き出しました……」

　みな、声もなく、竜之助の謎解きに耳を傾けている。

「ほんとは全部、出したかったのでしょうが、首だけは斬りきざむことができな

かったのだと思います。ほら、額のところに傷が。あれは、頭がここから出ないので、割って出そうとしたのです。だが、頭は意外に硬いし、こんな不自然な格好では割ることはできなかったのでしょう」

そう言って、周囲をぐるっと見た。

「なるほど。殺しの手口と、首だけが残ったわけはそれでわかった。して、下手人の当たりは？」

と、相馬は訊いた。

竜之助は、

──おいおい、このうえ、下手人まで当てさせるかい。

と思ったが、

「おそらく、こちらの方が娑婆《しゃば》を闊歩《かっぽ》されていたころ、恨みでも買いましたかな」

「うむ。その筋でわれらも下手人を探ることにしよう」

「ざっとそんなところですか」

「お見事。さすがに支倉どのが絶賛するお人だ」

用人の相馬は満足げな顔で竜之助を見た。

「いいえ」

それから相馬は竜之助のそばにより、

「福川。そなた、浪人をしていると聞いたが、どうじゃ、ぜひ、当家に仕えてはくれぬか」

と、小声で言った。

「いや、それは……」

「七十俵三人扶持《ぶち》では？」

町方の同心は三十俵二人扶持である。

竜之助は支倉の援助も断わり、ちゃんとこの給金でやっている。やよいにも扶持を出している。だから、生活も厳しく、冬のあいだ綿入れを買うこともできなかった。

やよいがまんざらでもなさそうな顔をした。

「不服か」

「とんでもない。ただ、事情がありまして」

好意を感じるので、断わるのは心苦しい。

「さようか。では、気が向いたらな」

飯を食っていけとしきりに勧めるのを、振り切って外に出た。

五

山崎の屋敷の外に出るとすぐ、

「若さま。お見事」

やよいが指を胸の前で組み合わせ、うっとりした目つきで言った。

「なにが？」

「ぱっと謎を解いてしまうなんて」

「馬鹿。さっきのは全部でたらめだ」

竜之助は小声でそう言って、大川のほうへ歩き出した。

「まあ」

「というより、何者かがこう思って欲しいと算段したとおりになぞってやっただけだ」

「では、本当はまるっきり違う？」

「違うな。肝心なところはまだわからねえんだが」

「どんなところがですか？」

「なんで、首だけ残し、胴体を外に出す必要があったかだよ。別段、殺したら、あそこにうっちゃっておけばよいではないか」

「よほど恨みが深くて、こまかく刻みたかったのではないですか？」

と、やよいは嬉しそうに言った。

「恨み？」

竜之助は意外そうな顔で訊いた。

「ほら、ありますでしょ。一寸刻みにして、煮て食ってしまいたいくらい憎いって」

「ないよ」

「そうですか」

と、首をかしげた。すくなくとも四、五人はそういう相手がいるような顔である。

「頭なんざ、どうしても外に出したいなら、つぶせばいいだけのことだろ」

「うぷっ」

「だから、わざと置いてったんだ」

「わざとですか？」

「そう。それに、血を洗い流した跡があったと言っただろ。だが、人を斬ったり、突いたりしたら、血しぶきは床に流れるだけか？」

「いいえ。あたりに飛び散りますよね」

「そうさ。だが、天井にも格子にも布団にも、血の跡などなかったし、濡れてもいなかった」

「ほんとですね」

「どうも不思議なんだよ」

「ねえ、若さまはもうおわかりなんでしょ？」

「まだだよ。ただ、あそこではいろいろ言いたくなかったんだ」

「ああ、何人もこちらに耳を傾けていましたからね」

「そういうことさ」

武家地を抜け、川沿いの道に出た。青空を映し、大川が光っている。

そっと周りを見た。

下流のほうの松の木の陰に、おこうらしき娘の姿が見えた。

「あの娘、やっぱりね」

と、やよいは忌々《いまいま》しそうに言った。

竜之助はぼんやりした目で上流のほうを見ている。

「……」

「あ、ほかにもいますね」

「ああ」

こちらに背を向けているふたりの武士は、どこか不自然な格好になっている。

やはり竜之助を見張っているのだろう。

どうも近ごろ、あっちこっちから見られている気がする。

「おいらは、いまから大海寺に行く」

次の非番の日には行くと、狆海に約束していた。

「わたしも」

「いや、いいよ」

「若さま。わたしは、むしろ非番のときが心配なのです。同心の格好をして江戸の町を歩いていれば、いくらなんでも襲ったりすることはないでしょう。でも、非番の日は、お供もつれずに郊外の名所旧跡に行ってしまいますでしょう。襲う側にしたら、絶好の機会ですよ」

「なあに、大丈夫だって」

竜之助は気にしない。

「だいたい大海寺なんて本郷だもの。人目だらけだぜ」

「そうですか……」

止めても無駄なのはわかっている。

「そうだよ」

「では、お気をつけて」

やよいはそう言って、おこうのほうにこれ以上はあとをつけさせませんよとでもいうように、ずかずかと歩いて行った。


——無念、無想。無念、無想。

竜之助はそう言い聞かせて座る。

ところがこれが難しい。つい、いろんなことを考えてしまう。次々に連想が働いて、心の真ん中にある黒くて重いものをつかみ出そうとしてしまう。

それがなんなのかはわからない。だが、なにかある。黒くて重いものとしか言いようがない。

だが、禅はそういうものではないという。心の奥のものを引っ張り出すためのものではないらしい。

「いいから、ただ座れ」

と、雲海和尚からは、岩山の頂上に立ったような顔で言われた。

「お前ごときは、なにか考えたってろくなことではない。考えなくていいから、ただ座れ」

この和尚には、返したい言葉はいろいろあるが、言ってもしょうがないかと思わせるところが人徳なのかもしれない。

そのくせ、和尚のほうはいろいろ訊いてくる。

さっきは、おこうちゃんの好きなものというのを訊かれた。聞いてどうするんですかと尋ねると、

「決まってるだろ。買って贈るのだ」

と、ぬけぬけと言った。

半刻（一時間）ほど座った。

――そろそろ終わるか。

うっすら目を開けた。

小心山大海寺《しょうしんざん》の庭は、夕べの雪におおわれ、雪かきなどはなにもせずうっち

やってある。それがなかなかいい景色になっていた。

「福川。無とはなんぞや」

後ろからいきなり言われた。

雪景色と禅問答はよく合うかもしれない。

しかも、雲海は禅問答となると俄然《がぜん》、生き生きする。

「無とは……」

わからない。わからないときは、答えをはぐらかすに限る。適当に言ったこと
が、意外に心にぶすっと刺さったりする。

「ありがたきもの」

と、適当なことを自信たっぷりに言った。

「ありがたきものだと……」

とまどっているのが声でもわかる。だが、雲海はそうかんたんにごまかされて
くれない。

「馬鹿者。適当なことを言うな」

と、叱られ、さらに訊かれた。

「無は明るいか、暗いか、どうだ？」

なにもなければ明るいような気がする。だが、自信がないので、

「無が……」

「うっすら明るい」

と、竜之助は答えた。

「馬鹿。無はどっちでもよいのだ」

雲海は自信たっぷりに言った。

「どっちでもよい……」

そんな答えがあるのか、と言いたい。

「お寅さん、無とは？」

と、雲海は竜之助の後ろのほうに声をかけた。振り向くと、さびぬきのお寅も
座禅を組んでいた。

さっき来たのがそうだったらしい。

「あたしの知恵ですかね」

と、酒と煙草で枯れたような声で言った。

「わっはっは。そこまで謙遜しなくてもよい」

「謙遜じゃありませんよ。つくづく自分の愚かさが身にしみてきて……」

「それが悟りへの一歩だよ」

「愚かなことがですか。それならもう百歩は来てますよ」

と、お寅は自慢話でもするような調子で言った。

六

座禅を終えた竜之助は、もう一度、山崎の屋敷を訪ね、用人の相馬を呼び出してもらった。

竜之助の予想外の訪問に、相馬は顔を輝かせた。先ほどの申し出を受ける気になったかと、期待したらしい。

「お、福川、どうした？」

「じつは、先ほど、お話しした推測はまるっきり違ってまして」

「どういうことじゃ？」

「ちょっと、外に出られませんか？」

相馬を連れ出し、すこし歩いて箱崎のおしるこ屋に入った。江戸のおしるこ屋の多くがそうであるように、ここも看板には〈正月屋《しょうがつや》〉と出ている。

相馬はこういうところは初めてらしく、きょろきょろ店の中を見回した。店の中にも竹垣のようなものがつくられ、なかなか洒落《しゃれ》たつくりになっている。

「屋敷ではしにくい話なのだな」

「ええ。あの屋敷に、夕べの悪事を手伝った者がいるはずです」

「なんだと」

「誰か協力する者がいなかったら、夜中にあれだけのことはできません。その者が耳を澄ましているに違いなかったので、あのようなことを申し上げました」

「そうか」

無敵の笑顔にすこしだけ憂《うれ》いの影が差した。

「それで、殺された弟君のことをくわしく知りたいのですが」

「ううむ。与三郎さまはな……」

相馬はあまり話したくはなさそうだったが、

「子どものころから利発だった。上様のお小姓にという声もあがったくらいだった。剣の腕も相当なもの。あるじの丹後さまよりはるかに優秀な人だったのだ。当人もそれは自信を持っていたのだろう。だが、お小姓の話は別の者に持っていかれ、これぞといういい養子の話もなく、部屋住みに甘んじてきた。その鬱屈《うっくつ》が積もり積もっていたのだ」

「わかる気もしますね」

七千石の旗本の次男坊にも、田安家の十一男坊の周囲と似たような重苦しい空気があったのだろう。

それはおそらく当人でなければわからない。

「しかも上方の騒ぎに便乗して、世をひっくり返そうなどという野心にとらわれたところがあってな。わしらは頭を痛めていたのさ。どうも、西国の浪士たちとも手を組み、江戸における工作を請け負うなどということまで考えていたようなのだ」

「なるほど」

いいか悪いかは別として、目端《めはし》の利《き》く人物ではあったらしい。西の浪士たちも、江戸にそんな支援者がいれば、さぞや助かることだろう。

「そのようなお方が、夜中過ぎに忍んできた者に、むざむざとあんな殺され方をするものでしょうか」

「だが、結局、殺されたではないか。あれは、たしかに与三郎さまだぞ」

「そうみたいですねえ」

竜之助も首をかしげた。

「それにしても、与三郎さまは、よく座敷牢に入りましたね?」

「酔わせて、無理やり入れたからな」

それはなおさら何としても出たいと思ったことだろう。

「相馬さま。それと、ひとつ確かめたいことがありまして」

「なんじゃ?」

「いまからうかがって、雪だるまが溶けているところを見せてもらいたいのですが?」

「雪だるまから何か出るのか?」

「たぶん」

と、竜之助は自信ありげにうなずいた。愉快な格好の雪だるまが、おぞましい殺しの謎を解くカギを握っているはずなのだ。

おしるこ屋を出て、山崎家の屋敷に向かった。

「そういえば、相馬さまは、支倉さまとは子どものころからの付き合いとか?」

「そうなのだ」

「支倉さまは、どういう若者だったんですか?」

と、竜之助は興味津々で訊いた。

竜之助は、支倉のことは鬱陶《うっとう》しいと思いつつ、感謝の気持ちも持っている。あの頑固な爺が子どものときや若者のころ、どんなふうであったのかは聞いておきたい気がする。

「義憤にかられるやつだったな、あやつは。わしもそうだが。若者らしい純粋さで、世を憂いたりしておったものよ」

「いまも、そういうところはありますね」

「一時は二人とも本気で世直しをしたいと思っていたなあ。ところが、あまりにも自分たちにその力がないので、無力感にとらわれてな」

「ほう」

そういうときの爺のほうが、親しみが持てる気がする。

「それで、十七のときに、ふたりで仙人になろうと決心した」

と、相馬はさすがに照れながら言った。

「仙人というと、霞《かすみ》を食って生きる？」

「あの仙人」

「それはまた、突飛な……」

だが、会うたびにおかしな扮装をしてくるあたりは、そういう気質からきているのかもしれない。

「それで、仙人の修行のため、唐土《もろこし》に渡ろう、と決めた」

「渡ったのですか？」

渡れるわけがないのだが、しらばくれて訊いた。

「いや、それは、ちょっとな。ただ、二人で越後《えちご》までは行ったのだ。そこで、海を眺めていた。越後の向こうの海は唐土だからな」

「そうですね」

「五日ほど見つづけた。だが、いくら見ても、向こう岸は見えてこない」

「見えないでしょうね。唐土は」

「それで、どちらともなく無理だなと。帰るかと」

「いい話ですねえ」

「これが？」

「いい話ですとも」

お世辞ではない。若さの持つ愚かさだけでなく、おおらかさや闊達《かったつ》さも伝わってくる。爺はいい青春を送ったではないか、と竜之助は思った。

山崎家に着いて、表門から裏手のほうに回る。

西日が当たっている。

雪だるまが溶けはじめていた。小さな頭はとっくに下に落ち、つぶれていた。

「ああ、もう、出てるな」

と、竜之助は近づいて言った。

「なにが？」

「足跡ですよ」

「なんだと」

ぼんやりと二の字が浮き上がっていた。強く押しつぶされた上から雪玉を転がしたので、その圧縮された部分が張り付いている。それが、雪が溶けはじめたものので、圧縮されたところは溶けにくくなり、こうして浮かびあがって来たに違いない。

「これですよ。隠そうとしたのは」

高下駄の跡である。母屋へ向かう小道は日が差していないので、雪を削ってみた。まだ足跡も残っている。だが、高下駄の跡はない。

裏門に向かう道も同じように調べた。

「これだ」

ひとつだけつづいている。

ということは、ここから来て、ここから出たわけではない。往復はしていないのだ。いきなり座敷牢から下駄の足跡が出てきたことになる。

――うむ。

竜之助は考え込んだ。

七

山崎の屋敷を出たところで、おこうが駆け寄ってきた。竜之助も内心、いささかうんざりする。

「福川さま。大変です」

というわりには、どこか面白がっている気配もある。

「なにがだい？」

「福川さまのことをずっとつけている連中がいますよ」

「ああ、あいつらのことか」

おこうが竜之助をつけて歩いているので、同じく竜之助を追う刺客の一味の存在に気づいたらしい。

「途中で交代したりもしますが、ぜんぶで七、八人はいますよ」

「そんなにいたかい」

「まったくどういうつもりなのでしょう」

「……」

やよいがいたら、きっと小声で、「あんたこそどういうつもりなの」と言うだろう。

「あたし、睨《にら》みつけてやりました」

「おい、駄目だよそんなことしちゃ」

「だって」

おこうが気づいたくらいだから、向こうはとっくにおこうの存在に気づいているだろう。やはり、注意はうながしておいたほうがいい。

「じつは、おいらを狙う者たちがいるんだよ」

と、竜之助は言った。

「まあ、あの人たちがですか？　そんなふうには見えませんでしたよ」

「そこが怖いところなのさ。だから、おこうちゃんにも危害を加えるかもしれない」

「では、守って。福川さま」

「それよりはあとをつけるなどやめて」

それさえやめれば安全なのだ。

「心配しないで」

おこうはこっちの言うことには耳を傾けない。

「いや、心配するよ」

「嬉しい」

と、おこうは満面に笑みを浮かべて、ぴょんぴょん跳ねるようにした。

「ううむ。まいったな。とにかく、危ないことだけは絶対にやめてくれよ」

「はい」

道ではまだ、子どもたちが飽きずに雪遊びをしていた。

ふたりの子どもが雪の玉を抱えて、きゃあきゃあ騒ぎながら、竜之助の前を通った。

雪だるまの頭である。

朝つくったほうは、溶けて、ごろんと首が落ちていた。

子どもたちが日陰の雪でつくりなおしたらしい首を、まただるまの胴に載せた。

　それが、大人が見ても面白い顔をしている。

　炭でつくった眉は極端に下がり、半分に割ったみかんで作った目が平たいほうを上に向け、半円のかたちになっている。鼻は雪でつくられているが、鼻の穴のところに棒が二本突っ込まれている。さらに、炭でつくった口は、逆への字になって、とぼけた表情をしていた。

「きゃっはっは」

「変な顔をつくってきやがったぞ」

　子どもたちは大笑いしている。

　そのあどけないようすを見ているうち、

　——ん。

　竜之助の脳裏にひらめくものがあった。

　そういうことか……。

八

　竜之助はいったん役宅にもどってきた。ここからはやよいに手伝ってもらうつもりである。

「遅かったですね」

やよいは手早く茶を入れて、お菓子といっしょに出してきた。

「ああ。また、山崎家に寄ってきたからな」

竜之助の顔がすっきりしている。

やよいはすぐに気づいて、

「謎が解けたのですね？」

「だいたいな。そなたにも手伝ってもらう」

「それは喜んで」

「狆《ちん》といっしょだった」

「どういうことでしょう？」

「おこうの狆の話はしなかったっけ？」

「ああ、ニセの狆が斬られて、幽霊がホンモノだったって話ですね」

「そう。あれだよ」

「では、あの首がつくりもの？」

「いや。首は本物だよ。与三郎さまのものではなく、顔が似たやつの首さ」

「なんのために？　あ、これから与三郎さまの幽霊が出るのですね？」

「幽霊は出ないだろうな」

　と、竜之助は笑った。

　どこかに、与三郎とそっくりな男がいた。この男にしてみれば不運きわまりないが、そのために与三郎は、あの座敷牢を抜け出す手段を思いついたのだ。

　この男の首を残しておけば、死んだことになる。自分は抜け出し、思いのまま動きまわることができるようになる。それが目的だった。

「ところが、顔は似てるけど、身体つきは似ていないのさ。あるいは与三郎さまにはない、傷やら痣《あざ》があったんだろう」

「そうでしたか。それで、手足や胴体をあそこから出したのですね」

「やよい、それは違う。あそこからは何も出ていない。ただ、首を外から持ち込んだだけだ。血を洗ったなんていうのは、みんな見せかけなんだ」

「ということは」

「あの座敷牢のカギを開け、与三郎さまは悠々と外に出て行った」

「では、屋敷内に逃亡を手助けした者がいると？」

「ああ」

「凄《すご》い若さま。こんな難しい謎を解いてしまわれるなんて。しかも、支倉さまが話を持ち込んできてからまだ日は変わっていないのですよ」

「そうでもねえって」

褒《ほ》められて竜之助は照れた。

「これで謎を解いたのだから、あとはまかせて」

やよいは立ち上がった。支倉のところにでも報《しら》せるつもりらしい。

「そうはいかねえよ。このままだと丹後さまがやられるぜ」

「では、どうなさるのですか?」

「てっとり早く終わらせるには、生きて出たやつを誘い出すのがいちばんだろうな」

「まあ」

「それで、お前にも手伝ってもらいたい」

「しょうがないですね」

と、やよいは嬉しそうに言った。

九

「何だと。ここから出て行っただと……！」

用人の相馬が大声を上げた。山崎家の表門を入った所である。奥まで行かず、
竜之助はここで話をはじめた。

向こうにいた家来や小者たちがちらりとこっちを見た。

「しっ」

と、竜之助が大声を制した。

それから相馬の耳元に口を寄せ、

「いい調子でしたよ。このあともその調子で」

と、言った。

会ってすぐに、大声を出すよう頼んだのである。いきなりの芝居だが、相馬は
そうした才能があるらしく、なかなか上手に演技してくれている。

相馬はほんのすこしだけうなずき、

「信じられぬな」

離れから裏門のほうを目でたどりながら言った。

「信じる信じないは相馬さまの勝手。では、わたしはこれで」

竜之助は、屋敷をあとにした。

すでに暮れはじめていて、薄い闇が訪れはじめている。


「ほうら、出てきやがった」

陰に隠れて裏門のあたりをうかがっていた竜之助は、にやりと笑った。

出てきたのは中間らしき四十くらいの男である。

「ほんとですね」

やよいがうなずいた。

「じゃあ、おいらが先に行く。あとは頼んだぜ」

「おまかせあれ」

竜之助は、怪しい中間のあとをつけはじめた。

ところが、それをおこうがつけてきていた。

さらにそのあとから、刺客の一団も追ってきているらしい。

竜之助は背後の連中の尾行を承知のうえで、ゆっくりと中間のあとをつけていった……。

それから一刻（二時間）後――。

すでに日はすっかり姿を消し、冬の冷たい闇が地上をおおっている。

おこうや刺客たちを撒《ま》いて山崎家にもどっていた竜之助は、やよいの報告を聞いた。

「あんなにぞろぞろついて回るのは初めて見ました」

「さぞや、面白い光景だったろうな」

「はい」

と、やよいは噴き出した。

あまりにも後ろからくっついてくるので、尾行もできない。

そこで竜之助は途中で道を変え、おこうと刺客たちを撒くことだけにし、ほんとの尾行はやよいにしてもらったのだ。

「それで、どうだったい？」

「隠れてました。深川の佐賀町《さがちょう》です」

「見たのかい、与三郎さまを？」

「はい。あの首にそっくりなので、気味が悪かったです」

それはたしかに気味が悪いだろう。竜之助も見たくない気もする。

「それで、やって来そうかい？」

「来ます。こうなりゃ兄上にも死んでもらうと、息巻いてました。敵は三人です」

「いや、屋敷にもまだ仲間がいる。四人てところかな」

と、竜之助は、産まれたばかりの仔犬の数をかぞえるような調子で言った。

十

やよいは山崎家から一足先に帰らせた。来ることがわかっているのだから、こちらは人数が不足することはない。

用人の相馬の部屋にいると、山崎丹後が挨拶に現れた。周囲の内通者への警戒もあるが、あるじのほうが足を運んで来るのは、気さくな人柄でなければできないことである。しかも、

「このたびは骨を折ってくれたようでかたじけない」

と、頭まで下げた。むろん浪人者の福川竜之助にである。凡庸《ぼんよう》であっても、誠実そうな人柄がにじみ出ている。

「できるだけ穏やかにすませたいのですが、難しいかもしれません」

　竜之助がそう言うと、あるじもうなずいた。

「そうだろうな。それはもう仕方あるまい。わしがあのとき、決断しなかったのがまちがいだったのだ」

「あのときとおっしゃいますと？」

　竜之助が訊くと、相馬は気まずそうにうつむいた。

「先月、京に上る軍資金のためとかで、小網町にある塩屋を襲い、あるじと手代の二人を殺し、百両ばかりを奪って逃げたのだ」

「あれがそうでしたか」

　竜之助は思い出した。

　師走《しわす》のはじめに江戸市民を震撼《しんかん》させた殺しだった。

　担当したのは北町奉行所だったので、竜之助は調べにまったく関わっていない。だが、殺しかたが残虐で、いたぶって殺したようなようすもあったということだった。

「うちの小者がちょうど目撃したため、あやつのしたこととわかったのだ。本来なら成敗すべきところだった。だが、わしはどうしても斬れなかった。わしのせいだという思いがあるのでな」

「と、おっしゃいますと?」

「あいつは、十ほど歳が離れているが、わしにとってはかわいい弟だったのだ。なんでもよくできたしな。だが、その自分の力がわかってくると、もっといい仕事をしたいとか、日の当たる場所に行きたいと思うようになる。しかも、自分よりはるかに能力の劣る兄が、大きな権限を持っている。わしが無能なばかりに、あいつは乱世への望みをかきたてられたのだ。わしが、あいつよりも明らかに有能であれば、いまのようには歪まなかった」

「それは……」

ちがうのではないか。兄を恨むのは筋違いだし、しかも山崎丹後がそんなふうに弟君を思いやれるということ自体、この人がすでに弟君をはるかに超えていることを示しているのではないか。

「今宵、本当にそなたが言うようにわしを襲ってくるなら、今度こそわしの手でやつを討つ」

山崎丹後は、かたわらの刀を取り、小柄《こづか》でもって、
かちん。

と、金打《きんちょう》をおこなった。武士が約束をたがえぬというしるしである。

裏門のわきのくぐり戸が開いた。

開けたのは、あの真面目そうな若い松村だった。

だが、竜之助には意外ではなかった。ひとつしかないカギをあるじに気づかれずに出し入れできる者は、そう多くはないはずだった。

真面目であろうと、遊び好きであろうと、人生の罠に落ちることがある。いかにも真面目そうな松村もまた、この世のありかたに異論を持ちつづけてきたのかもしれなかった。

予想したとおり、与三郎と中間ひとりを入れた総勢四人の男たちが、身をかがめて裏から表へ動いた。新月が近づいていて、ほとんど明かりはない。せいぜい母屋の玄関先の常夜灯の明かりが、かすかにこちらまでただよってきているくらいだった。

庭がひらけたところで、

「与三郎さま」

と、相馬が声をかけた。

と同時に、母屋の板戸が開き、たすきがけで抜刀した七、八人の武士が提灯を手に庭へと降り立った。

さらに、与三郎たちが来たほうからは、竜之助や六尺棒を構えた中間たちが現れた。中間たちも次々に提灯に灯を入れていったので、庭は祭りの宵のように明るくなった。

「与三郎さまがなさったこと。丹後さまはすべてお見通しでございますぞ」

と、相馬が言った。

「なんだと」

与三郎がうめいた。まさか見破られるとは思っていなかったのだろう。

「なぜ、わかったのだ。厚木《あつぎ》の在からそっくりな男を見つけてきたのに……」

松村が悔しそうに言った。

すると、与三郎は、

「きさまがしっかりやらぬからだ」

いきなり抜刀し、袈裟懸《けさが》けに斬りおろした。

「うがっ」

松村は頭を割られ、棒のように倒れ、すぐに絶命した。

あとのふたりはこれで度肝を抜かれ、すでに戦意は無くしてしまったらしい。

刀にかけていた手を下ろし、数歩ずつ与三郎から遠ざかった。

「ひでえな、あんた」

と、竜之助が呆れた声で言った。

「わしの気持ちが下郎ごときにわかってたまるか」

冷たく光る目をして言った。

「わかるか、そんな気持ち」

と、竜之助も怒鳴り返した。

「与三郎、神妙にせい」

山崎丹後が、家来の中から進み出た。

「兄上……」

「わしが成敗いたす」

「ははは……」

与三郎が笑った。

そのとき、山崎丹後がいきなり駆け出した。

――しまった。

竜之助は驚いた。まさか、丹後自身がこれほど早く斬りつけるとは思わなかった。いったん組み敷いたあとに、丹後自らの手で手討ちにするのだろうと思っていた。

だが、丹後はちがった。

竜之助もそちらに向かって走った。

丹後が近づくのを睨《にら》みながら、与三郎は上段に構えた。

走りながら竜之助は刃で風を探った。

ひゅう。

と、刃が短く鳴いた。

提灯の明かりを映した葵《あおい》の隠し紋が、一瞬、与三郎の額で輝いた。

「たぁ」

「とう」

「やっ」

三者の剣が同時に交差したかに見えた。

結果はすぐにわかった。竜之助の剣が与三郎の剣をはねあげ、そこに山崎丹後の剣が振り下ろされたのだった。

「なんだ、きさまのその刀は……」

と、与三郎は言い、首から血を噴き出させながら倒れ込んだ。

「与三郎」

山崎丹後は弟を抱いた。

「すまなかったな。わしが弟で、そなたが兄であれば、こんなことにはならなかったのにな」

顔はまるで似ていない兄と弟である。それでも、幼い日に、転んだ弟を助け起こしたときのようすを彷彿《ほうふつ》とさせた。

「兄上……」

そのとき与三郎は、幸せそうな顔に見えた。

与三郎の遺体を母屋へ運び去ってから、帰ろうとする竜之助を引きとめ、

「与三郎さまが倒れる前に、なにかそなたの刀を気にしていたようだったが」

と、相馬が訊いた。

「そうですか。とくに変わった刀ではないので、勘ちがいなさったのではないでしょうか」

そう言って、竜之助は腰の刀を見た。

刃はともかく、竜之助の刀の拵《こしら》えは、まったく簡素なものである。

相馬は竜之助の刀を見て、

「そのようだな」

と、うなずいた。

「それからしつこいと思われるかもしれぬが、このあいだの件、また考えてみてくれ。これだけの活躍だ。なんとか百五十石は出せると思うのだ」

相馬はいかにも未練ありげな口調で、しかし顔はいつもの笑顔を浮かべたまま、そう言うのだった。

十一

次の日の、夜が明けてまだ四半刻（三十分）もたたないうちから、竜之助の役宅に瓦版屋のお佐紀が飛び込んできた。

「なんだって、おこうちゃんがいなくなった？」

「家の人が、あたしのところに来ていないか訊ねてきたんです。どこを探しても見つからないそうです」

「まさか……」

刺客たちは、おこうが邪魔になって拉致《らち》したのではないか。

案の定――。

それから一刻（二時間）ほどしてからである。

しっかりした身だしなみの武士がふたりやって来て、

「われら、肥前新陰流の者。当方の新陰流こそ最強のものと考え、葵新陰流の竜之助さまと、ぜひ一太刀をと願いにまいりました。これがその果たし状」

と、玄関先にその書状を置いた。

この前の、柳生全九郎の果たし状とはちがって、やっと歩くくらいの子どもの遣いではない。立派な武士が届けてきた。

「もしや、あなたがた、おこうという娘を拉致されているのでは？」

「いたしました。だが、必ず無事でお帰しいたします」

「無事でもどすなら、わたしも果たし状を受けましょう。期日は……」

竜之助が書状を広げようとしたとき、

「四日後。鉄砲洲《てっぽうず》稲荷の境内で」

と、武士のひとりが口頭で言った。

「さらった娘はすぐに帰していただけますな」

「もちろん」

「ただちにですぞ」

「承知しました」

ところが奇怪なことに、武士ふたりがそう約束したにもかかわらず、この日も、次の日も、おこうはもどらなかったのである……。

第四章　泳ぐ幽霊

一

夜の大川は、昼間よりさらに大きく見えた。下手をすると、海や空よりも深いのではないかと思わせた。

舟は、東岸近くを下流に向かって進んでいたが、西岸のほうはまったく見えず、船頭の政二《まさじ》は湖にでも漕《こ》ぎ出したような気分だった。

強い風があまり音を立てずに渡っていた。

風というのは、裸木をゆさぶったり、軒下で渦を巻いたりして、枝や木切れを震わせるから音になるので、大川の上のようなだだっ広いところでは音の出ようがない。静かに、しかし痛いほど強く吹きすぎていた。

政二は機嫌が悪かった。

さっき吉原《よしわら》まで乗せた客に、なじみの花魁《おいらん》に会ったらすぐに帰るから待っていてくれと言われた。それでずっと待っていたが、結局は居残りをするときやがった。もちろん船賃は取り立てたが、もっと早くに伝えてくれたら、途中の店でいっぱい引っかけることだってできたのである。

炙《あぶ》ったイカで、熱く燗した酒をきゅうといきたかった。

だが、一杯飲み屋はもうたいがい店を閉めている。

こんな寒い夜に、ひとりで舟を漕ぐ心細さ、寂しさといったらない。

――掘割のほうに舟を入れて、酔っ払いでもつかまえるか。

と、思ったとき、ちゃぷちゃぷと音がした。

ぎょっとして周囲を見た。

周りに舟はない。

真夏だと、ひっそりと夜釣りをする酔狂なやつもたまにいるが、こんな寒い季節に出てくる馬鹿もいない。

ちゃぷ、ちゃぷ、ちゃぷ。

一定の周期がある。なにかが泳いでいるような音。

魚か。魚だとしたら、相当、巨大な魚である。

まさか、鯨《くじら》がこんなところまできたわけでは？

舳先《へさき》にかかげていた提灯を取って、音のするほうに差し出した。

人がいた。

いや、一瞬は、

——土左衛門《どざえもん》か。

と、思った。船頭をしていれば、土左衛門を突ついたりすることはめずらしくない。

だが、土左衛門は泳げない。人も、この冷たい水の中を泳ぐわけがない。

「な、なんだぁ、おめえは？」

と、首を締められたような声で訊《き》いた。

「………」

眉のあたりがぴくっと動いた。聞こえたようだが、泳ぐのに忙しく、こっちを向く余裕がないといったようすである。

「で、出たな、この野郎！」

乱れた髷で真っ青な顔。それが、こっちを向いて、

「ひっひっひ」

と、笑った。

「あわ、あわ……」

「言うなよ、誰にも」

と、途切れがちの声で言った。

幽霊が泳いでいた。

「ひぇえぇ」

船頭の悲鳴が夜の大川の上を遠くまで滑っていった。

二

あの肥前の藩士ふたりは、おこうをすぐに帰すと言ったが、一夜明けてもまだ帰って来ない。

どういうつもりなのか。

嘘をつくような男たちには見えなかった。

おこうはこのところずっと、竜之助の役宅と堀をはさんで真ん前にある別宅で寝泊まりしていたという。いま、ここの二階に、大勢集まっていた。

「ご心配をおかけします」

と、おこうの父の玉坂屋又左衛門が頭を下げた。母親もさきほどまで来ていたが、通二丁目の本店のほうにも連絡が来るかもしれないともどっていった。おこうがかわいがっている狆《ちん》のちょびは、部屋の隅で背を向けて寝ていた。

お佐紀も夕べからずっと、おこうのために動いている。このところ疎遠になってはいるが、おこうの友だちを思い出しては、念のためにと訪ねたりしたらしい。だが、手がかりはなく、疲れた顔で柱に背をあずけていた。

「これは、ちっと訊《き》きにくいのですが、いままで泊まったことは？」

と、竜之助は訊いた。

「さあ」

あるじは首を横に振った。おこうの父母は、以前、おこうがかどわかされたことで引け目があり、あまりうるさく言えないのだとは聞いている。

「お嬢さまに限って」

と、見覚えのある婆やが答えた。おこうの場合は、限ってしまいそうなのだが、そうは言えない。

「それに、昨夜はお嬢さまが大好きな、あんかけおはぎをつくることになっていたんです」

「あんかけおはぎ?」

どういうものか見当がつかない。

「楽しみに出かけていきましたから、泊まるはずがありません」

「ふうむ」

なんとしてもここに帰る理由にはなりそうもない気がしたが、そう言えば婆やは傷つきそうである。

——やはり、もどさないほうがいいといった話になったのか。

やよいが柳生清四郎から聞いた話では、今度はおそらく鷲尾正兵衛という刺客がやって来るらしい。その鷲尾が、もどすなと命じたのか。

まともに肥前藩邸を訪ねても、埒《らち》はあかないだろう。

一昨日、竜之助はおこうと刺客たちの尾行を撒いた。あれはまだ暮れ六つ(午後六時)を過ぎたばかりだったから、人通りも少なくはなかったはずである。無理に拉致しようとすれば、ちょっとした騒ぎにもなったのではないか。

やよいも心配し、朝からざっと外桜田《そとさくらだ》にある鍋島藩の上屋敷や、溜池《ためいけ》近くの中屋敷をまわってきた。だが、とくに妙な気配はうかがえなかったという。

ただ、鍋島藩は下屋敷や抱え屋敷をいくつも持っていて、とてもすべてを探りきれるわけがない。

そこへ、与力の高田九右衛門がやって来た。高田には表情がない。だが、そのほうがこうした場にはふさわしい人物に見えた。

「これは高田さま」

「まずいことが起きたな。なんだ、福川、そなたも動いてくれていたか」

高田はお白洲同心をひとり連れてきていた。お白洲同心は、町のようすにはあまりくわしくないだろうが、高田が顎で使える同心はいまやほとんどいない。

ただ、これは当然、奉行所が動くべき事件なのである。なんといっても、町娘がさらわれたのだから。

すでに文治も動いている。下っ引きを四人動かして、周囲の番屋をまわらせている。怪しい騒ぎはなかったか。娘がそこらで倒れたりしていないか。夜中に悲鳴を聞かなかったか……。まだ、これといった報告はない。

ただ、竜之助は困っている。

肝心な話が言えないからである。

肥前鍋島藩の新陰流の剣士たちが、徳川竜之助と戦うのに邪魔になって拉致した。これが言えない。徳川竜之助とは誰だ。そなたは福川竜之助だろう。そういう話になる。だが、そこを突っつかない限り、おこうはたぶん見つからない。

「ううむ」

竜之助は両手で頭を抱えた。

三

おこうのことは心配だが、奉行所に出ないわけにはいかない。

南町奉行所の同心部屋に顔を出すとすぐ、

「おう、福川、遅かったな。待ってたんだぜ」

と、矢崎三五郎が言った。

「おいらをですか？」

嫌な予感がする。このところ江戸の町には、時代の混乱のせいもあってか、次から次へと奇妙な事件が起きる。

「じつはな、夕べ、奇妙なことがあったのさ」

「……」

ほら来たと、内心でつぶやいた。

「このくそ寒いときにな、夜中に大川で水練をしていた野郎がいたんだとよ」

「へえ、たいしたもんですねえ」

竜之助が皮肉まじりにそう言うと、

「感心するな。そんなことで」

と、矢崎は呆れた。

「報せてきた政二って船頭は、幽霊かもしれねえと言った。だが、幽霊が泳ぐか」

「それはわかりませんよ。幽霊の気持ちは、われわれには測りがたいところがありますから」

「ふん。ま、幽霊かもしれねえが、人かもしれねえ」

「別に泳がせておけばいいのでは？」

と、竜之助は言った。

「それはいい意見だ。だがな、驚いて猪牙舟《ちょきぶね》がひっくり返ったり、隠居が落ちたりしたら洒落じゃすまねえぜ」

「たしかに」

竜之助も納得した。

それは幽霊かもしれないし、人かもしれない。いずれにせよ、善行にはほど遠いことをしているのだろう。

「見たのはそいつだけですか？」

と、竜之助は矢崎に訊いた。

「夕べはな。だが、当たってみたら、やはり船頭だが、一昨日の晩に見ていた。そいつはてっきり河童《かっぱ》だと思い込み、町方には届けずに、水神社にお参りしただけだった」

「そういうトンマな野郎がいるから、迷宮入りする事件も出てくるわな」

と、わきから定町廻りの大滝が言った。

「だから、出ているのはまちがいない。な、福川。こういう変わった事件を解決できるのは、お前しかおらぬだろ？」

矢崎がそう言うと、同心部屋の連中がいっせいにうなずいた。

「ですが、おいらは」

玉坂屋のおこうの件を説明しようとした。

「そっちは聞いてるよ」

すでに伝わっているらしい。

「文治たちも駆け回っているんだろ」

「ですが……」

真の事情は竜之助しか知らないのだ。

「よし、わかった。では、おいらがそっちを受け持つ。おめえは、泳ぐ幽霊のほうをやってくれ」

と、矢崎が言った。

それは誰だって、冬の幽霊よりは娘の失踪のほうを追いかけたい。

だが、上役の命令である。従わないわけにはいかない。

四

——幽霊だったら、どうするか？

と、竜之助は思った。まったく否定はできない。

だが、そのほうが厄介《やっかい》である。

しょっぴくのは難しい。叱りつけても、言うことはきかないのではないか。

まして、刀でも抜く羽目になったら面倒である。芝居や戯作《げさく》だと、たいがいこっちの頭がどうにかなり、自滅してしまう。相手が幽霊なら、無駄なことはしないほうがいい。

そういうときは、よく拝み、あとは姿をよく見ておいて、瓦版屋のお佐紀に教えて記事のネタにでもしてもらうしかないだろう。

——では、人であったら？

とも思った。

人がなぜ、このくそ寒い季節に、夜中の大川で泳がなければならないのか？

すぐに思ったのは、海賊かということだった。沖からお宝を積んだ船が来る。それを待ち伏せて襲おうとしているのではないか。

だが、ひとりだけの海賊というのは無理がある。しかも、別に泳ぐ必要もない。荷物を奪うにしても、逃走のときを考えても、船で並びかけたほうがいいに決まっている。

次に、水の中になにか落としたのではないか、と思った。

だが、探しものなら昼間のほうがいいだろう。

探すところを見られたくないものだったら？　もちろん、それはご禁制のものや、盗品なのだろう。

——これは、すこしありうるかもしれない。

ただ、とりあえずは、その当人をつかまえ、訊いてみるのが先だろう。

夕べ、その泳ぐ幽霊が出たのは、霊岸島の稲荷河岸あたりだった。

もうひとりが一昨日の夜に見たのは、永代橋のすこし上流だったという。

すぐ近いところである。また出るとしても、あのあたりかもしれない。そして、二日つづけて出たということは、今宵も出るかもしれない。

竜之助は、暗くなるのを待って舟を出した。

文治のところの下っ引きで、舟を漕ぐのがうまい長三郎《ちょうざぶろう》という若者が付き合うことになった。

じっさい、長三郎は元船頭だという。雇われていた船宿がつぶれ、遠い親戚である文治の世話になることにした。

長三郎は猪牙舟の櫓《ろ》を漕ぎながら言った。

「寒いですね、旦那」

「まったくだな」

恐ろしく寒い。日陰には一昨日降った雪が残っている。それが江戸中の夜をいちだんと冷やしてくれている。

長三郎は、舟に火鉢を用意してくれていた。

座布団も敷き、乗り込む前に茶碗酒を一杯引っかけた。

それでも寒い。

永代橋のあたりを中心に、上下左右行ったり来たりする。

なかなか出てこない。

「旦那。寒いから歌でもうたいましょうか？」

と、長三郎がとぼけたことを言った。

「歌なんかうたって、もし幽霊だったら引っ込んじまわねえか」

「いやあ、引っ込んでくれたらありがてえなあと思って」

「どうせ幽霊じゃねえんだからいいか。うたってくれ。ただし、あんまりでかい声はまずいぜ」

「へえ」

長三郎はうなずいて歌いだした。

〽から傘の　骨はばらばら　紙ゃ破れても
離れはなれまいぞえ千鳥がけ

〽から傘の　傘の雫で地が掘れるまで
　好きなすきなお方と立ち話
〽待てと　待てとおっしゃりゃ五年はおろか
　柳やなぎ新芽の枯れるまで

聞いたことがある端唄《はうた》である。

竜之助には意味がわからないところもあったが、たぶん色っぽいのだろう。喉がいいのは、竜之助にもわかった。これが自慢で、聞かせたかったのだろう。

「よう、色っぽいね」

「もうひとついきますかい？」

長三郎が嬉しそうに言った。

「いや、ちょっと待て」

竜之助は止めた。どこかでかすかな音がした。

闇に目を凝らす。

新川の出入り口に架かる三ノ橋あたりに、葉っぱの上のなめくじのように、白くて動くものが見えた。

「あれかな」

「そうみたいです」

長三郎の声が震えた。

「いくぜ」

「へ、へい……」

そっと舟を寄せていく。

「幽霊ではあるまい」

「足をばたばたさせてますね」

水しぶきは立てていないが、足を動かしているのはわかる。

竜之助は、大川にちょっと指先を入れてみた。氷のように冷たい。そう長くはいられないはずである。

十間ほど近づいたところで、

「おい、待て、そこの者」

と、声をかけた。

だが、返事はない。

さらに舟を寄せると逃げる気配である。

しかも、泳ぎがやたらと速い。あまり見ない泳ぎ方である。向井流《むかいりゅう》とも違う。カエルの泳ぎによく似ていた。

長三郎も必死で漕いでいる。猪牙舟は速いのが取り柄である。それでも追いつけない。

男の頭が水面から消えた。

「もぐりましたぜ」

「ああ」

舟を止めさせ、周囲を見回す。なかなか出てこない。

しかも、提灯の明かりはそうはとどかない。

まったく違うほうで、ぱちゃりと音がした。

「あっちですか」

舟を音がしたほうに向けたが、今度は影もかたちもない。完全に見失ってしまった。

「あいつを捕まえるには、一艘じゃとても無理だな」

と、竜之助は言った。

役宅にもどる前に、堀をはさんで真ん前にある玉坂屋の別宅をのぞいた。

お佐紀がいて、

「さっき、これが……」

と、紙切れを差し出した。

「子どもの遣いが持ってきたのですが、字はまちがいなくおこうちゃんのものです」

それには、

無事でいるから、心配しないで

とだけ書かれてあった。

狆のちょびに、この紙切れの匂いを嗅《か》がせてみた。嬉しそうに尻尾《しっぽ》を振った。

おこうが書いたものにまちがいはなさそうだった。

「矢崎さんには見せたかい？」

「ええ。見ると逆に、これは奉行所が心配するほどのものではないのだろうと、怒って帰ってしまいました」

たしかにそれも無理はないと思った。どうも切羽詰まったものが感じられない。

五

次の夜――。

矢崎三五郎に頼んで、四艘の舟を出してもらい、あの男を追いつめることにした。本当にいるとわかると、

「おいらも行くぜ」

と、矢崎も舟に乗った。

今宵は出るのが早かった。

暮れ六つ（午後六時）から一刻（二時間）もしないうちに、永代橋のあたりで水音がした。

「あれか、福川？」

「はい、あれです」

現れたのを確かめ、四方からゆっくり近づいた。

ただ、竜之助には逃げ切れるのに、面倒臭いのでわざとつかまったというふうにも見えた。

「おい、舟の上にあがれ」

と、矢崎三五郎が猪牙舟の上から命じた。

「どうしてですか」

「訊きてえことがあるんだ」

「あがらないほうがいいと思うんですが」

などと言って、男は水の中でぐずぐずしている。

矢崎は十手の先で、この男の額をぐりぐりとこづいた。

「なに、なさるんですか？」

「しょっぴくぜ」

「わかりました。上がりますよ」

男はそう言って、妙なうすら笑いを浮かべながら、矢崎の乗った舟の縁に手をかけた。舟は大きく揺れた。

「あっ」

矢崎が叫ぶ間もなく、舟がひっくり返った。矢崎と船頭が川に放り出された。

「うっぷ、うっぷ」

矢崎がもがいている。船頭のほうは、持っていた竹竿を川底に突き立てるようにして、すこしでも身体が水から出るようにしている。

「大変だ。手を出して」

みな、大あわてで、ふたりを救い上げた。

男は、いつの間にか、ひっくり返った猪牙舟を元にもどし、そこにおさまっているではないか。

――こいつ……。

竜之助は睨《にら》んだ。だが、男はとぼけた顔でそっぽを向いている。わざとやったに違いなかった。

「一度上がると、寒くてたまらねえんですよ」

男はぶるぶる震えている。唇は真っ青である。ほんとに寒いらしい。

顔はなかなか端整で、眉が薄いのは難点だが、目鼻立ちはよく整っている。表情は寒さで引きつったようになっていて、口跡《こうせき》もはっきりしないが、田舎の訛《なま》りはなさそうである。

とくにいい身体というわけではない。日にも焼けていない。船頭や漁師ではないだろう。上背はありそうだが、筋肉は貧弱だった。余計な肉もついている。だからこそ、寒中の泳ぎには適しているのかもしれなかった。

矢崎は寒くて訊問どころではない。

「文治。あとはまかせる」

と言ったきり、身をちぢこまらせて火鉢にかじりつくばかりである。

「おい、おめえ、名前は？」

と、別の舟の上から文治が訊いた。

「岩太《いわた》といいます」

「住まいは？」

「小網町三丁目、馬蔵長屋に住んで、野菜の棒手振《ぼてふ》りをしています」

いちおう神妙に答えた。

「この近くだな」

「ええ。てめえん家《ち》の池みたいなもんで」

「ふざけるな」

と、文治は叱った。

「でも、親分。夜中に泳ぐことが、そんなに御法度に触れるんですかい」

と、岩太は言った。

「誰にも迷惑はかけちゃいないでしょ。できるだけ騒ぎにならないよう、静かに、隅のほうで泳いでいるのに、こんな大騒ぎをなさるんだから」

「では、おめえ、なんのためにこんなことをしているんだ？」

と、わきから竜之助が訊いた。

「身体を鍛えるためですよ」

「身体を鍛える？」

予想もしなかった答えである。

「ええ。歳を取ってもいつまでも丈夫でいるためには、泳ぐのがいちばんと聞いたんですよ」

たしかに泳ぐのは身体にいいらしい。

田安家の家来にも八十を過ぎて矍鑠《かくしゃく》としている人がいて、この人はとにかく泳ぎが好きで、真冬はともかく、春から秋まではしょっちゅう水練に通っているとのことだった。その人は、風邪を引いたことがないというのも自慢だった。

こいつはまだ竜之助と同じくらいの歳に見えるが、いまから身体を鍛えておくのは悪いことではない。

嘘を言っているふうには見えない。

もしかしたら、ほんとに身体を鍛えるためなのかもしれない。

「だが、こんな真冬にか？」

「真冬にやるのが血の道の通りをよくし、いつまでも元気でいられるのです」

やけに自信たっぷりである。

「お侍さんたちも、親分方も、身体は鍛えなくちゃ駄目ですぜ。ざっと見たところ、ちゃんと鍛えているのは、そちらの同心さまだけだね」

と、竜之助を指差した。

「やかましい」

と、矢崎は怒り、

「ああ、もう、いい。わしは早く帰らないと、寒くて死にそうだ」

「こいつはどうします？」

と、竜之助が訊いた。

「いいから、川に叩きこめ」

その言葉を聞くやいなや、岩太とやらは、さっと水中にもぐりこんでいった。

翌日——。

文治が、さっそく夕べの男の身元を調べてきた。

小網町三丁目、馬蔵長屋。棒手振りの岩太はそこの住人だった。

ただし、去年の暮れまでである。岩太は亡くなっていた。

報告を受けた矢崎は、熱があるらしくうるんだ目をしたまま、

「溺死か？」

と、訊いた。

「いえ、荷車にはねられたそうです」

「荷車にはねられたのが、なんで大川に化けて出るんだ？」

いささか混乱しているらしい。

「ですから、矢崎さま。あの野郎はでたらめをぬかしただけなんですよ」

と、文治は言った。

「もう、いい。あんな野郎、うっちゃっておけ。ただの馬鹿だ。あんな野郎にかかわると、こっちが土左衛門になっちまう」

矢崎はこりごりしたように言った。

六

さびぬきのお寅は、深川の万年橋《まんねんばし》の近くを歩いていて、ふと立ち止まった。川の向こうに日が沈もうとしていた。

スリの技を叩きこんでくれた夕暮れ銀二《ぎんじ》を見舞った帰りだった。銀二はもう七十五。病み衰えていた。

――もう長くはない。

そう思うと、泣きたくなった。

銀二に対する思いは単純ではない。

恩人なのだろうと思う。親のように思うときもある。だが、教えてくれたのがスリの技でなくてもよかったのではないか。

もしも、出会ったのが、たとえば俳諧《はいかい》の師匠だったり、針仕事の名人と言われる人だったら、また違った人生になっていただろう。

考えなしの世間知らずが、スリの名人と出会った。

それもあたしの宿命だったのだろうか。

夕日はきれいだった。

そっと数珠《じゅず》を取り出し、夕日に透かした。ただでさえ夕日の色をした数珠が、すさまじいほどに輝いた。

――竜之助……。

お寅はそっと、わが子の名をつぶやいた。

一度も心をこめて抱きしめてやることができなかった子。猫を捨てるよりも冷たく、置いてきた子。

この前、支倉から竜之助のためと言われて、この数珠を掏《す》った。竜之助のためになることで、あんなに幸せな気持ちになるとは思ってもみなかった。

――もっと役に立ちたいのに。

あれから支倉はなにも言ってこない。それもそうで、わたしなんぞとは、完全に縁を切りたいのが本音なのだ。願わくば、勝手に死んでくれたりしたらいちばんありがたいといったところだろう。

やりきれない気持ちになってきた。

――竜之助のためなら、なんだってやってやるのに。

だが、そんな機会はない。

目の前に切り株があった。釣り人が腰掛けにでもしているものらしい。むかむかしてきて、これを思い切り蹴った。

切り株はごろごろと転がり出した。

「あ」

そこまでするつもりはなかった。

水際まで転がり、いったんぽんと跳ねてざぶんと水に入った。すこし離れたところにいた若い娘のふたりづれが、怯《おび》えたようにお寅を見た。

「まったくもう」

なにかすると、事態はますます悪くなる。お寅がしばしば感じてきたことだった。

若いときは、そうなるとわめいたり、浴びるほど酒を飲んだり、大声で泣いたりした。いまはそこまでの元気はない。

ごまかすように、自分の気持ちを落ち着かせるしかない。

お寅は大きくため息をつき、夕日を横に見ながら歩き出した。

七

矢崎からはもういいと言われたが、竜之助は諦める気はなかった。

「よう、文治。おいらも泳いでみるよ」

と、言い出した。

「それは、おやめになったほうが」

文治は止めた。

「いや、やってみるよ」

「まさか、身体のために？」

「馬鹿な。あいつ、たしかになにかあるんだ。それを突き止めるためには、おいらも泳いでみるしかねえだろ」

竜之助は意外に頑固である。言い出すと聞かないところがある。

「じゃあ、あっしと長三郎は近くにいますから、寒くて駄目だと思ったら呼んでくださいよ」

と、そういうことになった。

暗くなり、稲荷河岸のところに立つと、さすがに臆する気持ちもわいた。大川が小さく波打ち、地獄の草原のように見えた。

「ほんとにやるんですか」

「やるさ」

と、竜之助は自分に言い聞かせるように言った。無鉄砲なこともできる身になれたのである。去年までは、こんなこと、したくてもできなかった。

酒を飲んでおくかとも思ったが、ここまで寒いときは酒よりも油のほうがいいのではないかと思った。誰かに聞いたわけではない。なんとなくそう思ったのだ。それで菜種油《なたねあぶら》を茶碗に一杯飲んだ。

途中、上がるときのために、着物をたたんで、風呂敷で頭にしばりつけた。

そうやって、しばらく暗い大川の水面に目を凝らし、耳を澄ませた。

四半刻（三十分）もしたころ――。

「あ、いた」

白いものが浮き沈みしながら進んでいた。

竜之助もそっと水に入った。

あとを追って泳ぎ出した。

すぐにやめればよかったと思った。恐ろしく冷たい。

あまり、身体を動かさずに泳ぐつもりだった。昔、水練を教わったとき、こう言われた。人の身体は浮くようになっているのだから、じたばたするな。身体の力を抜いて、水に漂うつもりになれと。

だが、この寒さの中で、それはできることではなかった。どうしても、身体に力が入る。凍えまいと、全身の筋肉がわなないてしまう。

歯ががちがち言う。この音を聞かれるのではないかと心配になるくらいである。

それでもなんとかついていく。

まさか、泳いでついてくる者はいるわけがないと思っているのだろう。男はこちらをちらりとも振り向かなかった。

急に腹が減ってきた。晩飯はちゃんと食べているのに、それでも猛烈な空腹感がやって来た。

ただし、なんでもいいから食いたいというのではなかった。熱いそばが食いたかった。ごちそうなどなにも食いたくなかった。やよいには悪いが、心のこもったおかずもいらなかった。〈すし文〉にも悪いが、寿司なんぞはますます食いたくなかった。ひたすらやけどしそうなほど熱いそばをふうふう言いながら食いたかった。

いま、川上から舟のそば屋がやってきたら、そば一杯に十両払っても惜しくないくらいだった。

──これはまずい。

竜之助は焦った。足が攣《つ》りはじめていた。攣ったら大変である。痛くて泳ぐどころではなくなる。

意識が途切れそうになる。

──わたしはここで死ぬのか。

と、思った。不思議な死に方だった。否も応もなく、剣によって死ぬのだろうと思っていた。真冬に自ら進んで大川に入り、そこで溺れ死ぬという人生は予想したこともなかった。だが、人生というのは、そういうものかもしれなかった。

手も足も動かなくなってきた。

周囲を見回し、文治がいる舟を探した。見当たらなかった。向こうも探してくれているにちがいないのだが。

声を出そうとした。文治、ここだ。助けてくれと。だが、水が喉に入った。冷たいというより、切り刻まれるように痛い水だった。それが喉から胃へ突き刺さっていった。

──駄目だ。これまでだ。

そのときだった──。

竜之助は目の隅に、菩薩《ぼさつ》だか、観音《かんのん》だかよくわからないが、なにかやさしいものが漂っているのを感じた。

そっと手をのばした。

八

竜之助は、次の日の大川の探索はやめにした。

明日は大事な決闘をひかえている。万が一、風邪をひいたりしたら大変である。昨日だってあんな危ないことになったのだ。幸い、風邪のほうは大丈夫だったようだが。

いちおう日が暮れたころ、文治を見にいかせたが、誰も泳いでいる気配はなかったとのことだった。

ところが、この夜、もうすこし遅くなってから事件は起きていたのである。

報せが入ったのはさらに翌日になってからだった。

金塊が盗まれたのだ。

江戸橋に近い堀江町《ほりえちょう》に、金細工の工房がある。ここに、深川の金商人から金塊が運び込まれることになっていた。

それは、深夜ひそかに運ばれることが多かった。

いつも、工房の仲間が三人でこれを取りにくる。

重いものである。二つから三つ。

この日は三つ運んだが、末広河岸《すえひろがし》で降り、すぐ目の前の工房に荷物を運び込んだとき、金塊のうちの二つが消えていた。というより、金塊が石になっていた。

矢崎があれ以来、体調を崩して休んでいるため、この事件は大滝治三郎が担当することになった。

竜之助は見習いだから、大滝に同行する。

まずは工房のほうに顔を出した。

「まったく、ふざけやがって。三人が雁首《がんくび》をそろえて、盗まれたのに気づかなかったとぬかしやがるんで」

と、工房の親方は怒った。言葉の端々から、いっしょに行った三人を疑っているのは明らかだった。

大滝がそのことを言うと、

「てめえの弟子を疑いたくはねえが、疑わざるを得ないでしょう」

と、親方はそっぽを向いた。

まずは、三人に昨夜の通りに動いてもらうことにした。

日本橋の工房から舟で深川にある金商人の店に向かった。

そこでは、いろんな金を溶かしたりして、金塊を延べ棒のかたちにする。

「ここに舟を止め、そこから金を受け取りました。多少、むだ話はしましたが、ほんの二言三言ですよ」

受け取った金はいつもの袋に入れ、そのまま舟を出した。

「どうだ、福川？」

と、大滝が訊いた。竜之助の思案を当てにしているらしい。だが、それは悪い気はしない。

「はい……」

舟を止めた場所。三人の動き。逃走の道筋。

それを考えると、手口はひとつしかない。

「そいつは、夜中に川を泳いでやってきて、ここに隠れたんです」

と、竜之助は炉の裏を指差した。

「ほら、足跡のようなものが残ってるでしょう」

たしかに、かすかだが指の跡がある。

だが、金商人の手代が言った。

「旦那。それは無理ですぜ。この炉はすさまじく熱くなるんだ。その裏になんてとてもいられたもんじゃねえ」

「ほかに隠れるところはねえだろうが」

「そりゃそうですが」

「それから、おまえたちが金塊をここに移し、挨拶してるすきに、用意していた石と金塊をすり替え、水にもぐった」

「水に？　大川の水に？」

工房の一人があきれた声で言った。

「ああ。そうさ。水の中だと金塊はずいぶん軽くなる。そいつは泳いで対岸に渡る。おまえたちはまさか盗まれたとは思わないから、そのまま日本橋の工房に向かった。下手人はそれを横目で見ながら、悠々と消え去ったってわけだ」

「そんな馬鹿な」

黙って聞いていた大滝が、あ、と小さくつぶやき、

「おい、福川。まさか、そなた、あの大川の土左衛門の幽霊を？」

と言った。

そのとき、暮れ六つ（午後六時）の鐘が聞こえた。

「あいにく大事な用がありまして。大滝さま。手っ取り早く、下手人を申し上げます。そいつは築地《つきじ》の上柳原町《かみやなぎはらちょう》の湯屋〈越後湯《えちごゆ》〉の下働きをしている梅助《うめすけ》という男です」

その名を言うと、工房の三人が「あっ」と小さく叫んで顔を見合わせた。知っている男だったらしい。

「梅助……名前までわかってるのか」

と、大滝は驚いて訊いた。

「たぶん金塊は手元にはないと思います。だが、金塊の隠し場所はわかります。すぐ近くの南飯田河岸《みなみいいだがし》。そこの左から十二番目、上から七段目の石を剝《は》がしてみてください。おそらくそこに金塊は隠してあるはずです」

「う、うむ」

大滝は呆気に取られていた。

「では、おいらはこれで」

深川からは永代橋を渡って、鉄砲洲稲荷に向かった。

――あのとき、あの切り株が流れてこなかったら……。

竜之助は歩きながらそう思った。

まちがいなく命を落としたはずである。切り株にすがりつくことができたため、動かなくなっていた身体をどうにか岸まで運ぶことができた。してみると、あの切り株が菩薩や観音のように見えたのは、あながち錯覚ではなかったのかもしれない。

男は悠々と泳ぎ、築地の南飯田河岸で水から上がった。

ただ、河岸のところで立ち止まった。

石を見つめ、左からと上から数えるようなしぐさをした。

それから、石を嵌《は》めなおしたようだった。

竜之助はそこでやっと水から這い上がった。

急いで頭につけていた着物をまとう。それでも暖かくはならない。全身がおこりのように震えつづけている。

だが、男はふんどし一本でたいして震えもせず、町に入った。竜之助は震えながら後を追った。初めて海から陸に上がった亀のような気がした。

男はすぐ路地裏にいく。木戸を開けて中に入った。

そこは湯屋の裏手だった。ここで下働きをしているらしい。

声が聞こえた。塀の節穴から中をのぞくことができた。

「梅助。願いごとも大変だな」

と、相棒らしき初老の男が言った。岩太ではなく、梅助が本当の名なのだ。

「ああ、大変だよ」

「でも、そんだけ水垢離《みずごり》をすりゃあ願いもかなうさ」

水垢離などではないはずだった。

男たちの前には、湯を焚《た》く釜があった。いまはもう火を落とし加減にしているが、これが燃え盛るときはさぞや熱くてたまらないくらいだろう。

それから竜之助は前にまわり、湯に飛び込んだのである。しまい湯間近だったが、冷え切った身体をぬくもらせるのに、きれい汚いはどうでもいいことだった。

むしろ、いままで入った湯のなかで、いちばん気持ちのいい湯だった。

九

竜之助は、約束していた刻限に鉄砲洲稲荷の境内に入った。

ただひとりで来たが、おそらくやよいはついてきているだろう。

あるいはすでにひそんでいるにちがいない。

新月である。

まっくらだが、星はよく見えているので、晴れているのはわかる。

風が出ていて、境内の裸木を揺さぶっては、鋭い音を立てていた。

建物の裏から提灯を手にして刺客たちが現れた。

――一、二、三……。

すばやく数えると、七人いた。

いや、もうひとり、その後ろに、うなだれている娘がいた。もどって来ているはずのおこうだった。

ひとりがそのおこうの背中を押して言った。

「まずは、この娘をお帰しいたす」

おこうは無事だった。

だが予想に反して竜之助に飛びついてきたりはしない。なにやらためらっているようなそぶりもうかがえた。

「嫌です。あたしは帰りません」

おこうはわけのわからぬことを言った。

「どういうことだ？」

竜之助が呆然《ぼうぜん》として訊いた。

「上原《うえはら》さま……」

と、おこうがそのうちのひとりの武士を熱い目で見た。刺客には見えない、やさしげな顔をした武士である。

周りの武士たちは、弱ったものだというような顔をしている。

――ははあ……。

推測するに、おこうは拉致した側の武士が好きになったらしい。

これには声もでない。

「では、この件についてはあとにして……」

おこうには見せたくないと、向こうのほうへ連れていった。

「肥前新陰流の果たし合いについてお話しします」

と、七人のなかでは頭格らしい武士が、一歩前に出て言った。

「話す？」

これもどうも変である。

「じつは、肥前新陰流を代表して、鷲尾正兵衛というわれらの師匠が徳川竜之助さまのお相手をつかまつることになっていました。ところが、その鷲尾は先日、日本橋のたもとで、町人の喧嘩を止めている最中、心ノ臓の発作で急死してしまったのです」

「なんと」

それにはなんとなく覚えがあった。狆が斬られたというので、おこうがいる根岸の里に向かっている途中のことではなかったか。

そういえば、あの前後から、それまで感じていた鋭い視線が消えた。そして、かわりに大勢の男たちに追いかけられる気配を感じはじめた。

「本来、鷲尾の弟子である我々が、かわりにお相手を願うのが筋だと思います。だが、鷲尾と我々の腕の差は天と地ほどにちがいます。とても、肥前新陰流を代表して決闘というわけにはいきません」

「うむ」

竜之助はうなずいた。正直な話ぶりに、内心、好感を覚えたほどだった。

「そんなとき、鷲尾正兵衛が残した書付が見つかったのです」

「書付？」

「はい。鷲尾は、自分が心ノ臓の病を抱えていることはわかっていたようです。それもあって、徳川さまの風鳴の剣と対決するとき、どのような戦いをしたらよいのか、その手順をくわしく記していたのです」

「そうでしたか」

几帳面《きちょうめん》な人柄だったのだろう。鷲尾の表情がすこしだけ垣間見れたような気がした。

「我々はそれを読み、その手順にそって剣をふるうことをやってみました。ところが、我々にはやはりできません。頭ではわかっても、身体がそれをできないのです」

「はい……」

そうしたものなのである。それは風鳴の剣であっても同じことなのだ。

「だが、鷲尾は、なんとしても徳川さまの葵《あおい》新陰流と戦いたがっていました。それで、お願いなのです。徳川竜之助さまに、この書付と戦っていただけないでしょうか」

そう言って、武士はその書付を両手で竜之助に見せた。

「書付と戦う？」

「はい。我らがその書付を読み上げます。徳川さまは、それで鷲尾を眼前に想像していただき、架空の決闘をしていただきたいのです。徳川さまほどの腕になれば、それはできるのではないかと思いました」

「できるでしょうね」

と、竜之助はうなずいた。

むしろ武芸の修業にそれは欠かせないことだった。眼前にいない敵に対し、動きを想定しながら剣を振るう。相手の資質や身体つき、流派などがわかれば、それはさらに具体的な動きとして検討する。

そうやって稽古した太刀筋は、じっさいに立ち合ったときも、かなり役に立つ。それどころか、頭のなかに思い描いたものとそっくりに現出することも多い。

「ご無礼でしょうか？」

竜之助の気持ちを気づかったふうに訊いた。

「いや、お相手つかまつろう」

竜之助はそう言って、刀を抜き放った。

風は充分に吹いている。

十

やよいはこのなりゆきにとりあえずほっとした。竜之助の気持ちはともかく、戦う相手は実際の人ではない。紙である。負けても、竜之助の自尊心はともかく身体に傷はつかない。

すると、おこうのことが気になってきた。

おこうは稲荷社の裏で、木にもたれて用がすむのを待っていた。膝を抱えて座っているようすは、ひどく子どもじみていた。

大人になれないところを抱えた女なのかもしれない。それは当人にもどうしようもないことかもしれないのだ。やよいがまだ八歳のころから、大人の男たちから「やけに色っぽい娘だ」と、言われてきたように……。それだって、自分では色っぽくふるまおうなんてこれっぱかりも思わなかったのだ。

「寂しかったの？」

と、やよいは訊いた。

「うん」

「誰でもよかったんじゃないの？」

どうしても皮肉めいた調子は出てしまう。

「だって、福川さまはまるでなびいてくれそうもないし」

「怖くはなかったの？」

前にさらわれたりしたことがあれば、恐怖は倍増するのではないか。

「あたしもそう思ってた。あまりにも怖い思いをすると、どこか切れたり傷ついたりするんです。心の傷って深く食い込んで、表面はおおうことができても、たぶん中のほうは治っていなかったりする。でも、今度の場合は、まったく恐怖心はわかなかったの」

「そうなの」

「だって、わかりますよ。怖い人か、そうでないかは。子どものときにあたしをさらった連中は、一目でこの人たちは危ないってわかりました。あの方たちはまったく違います。福川さまと似た清らかさややさしさが感じられましたから」

「ふうん」

やよいはしばらくおこうの顔を見つめ、

「昔はさらわれて傷ついたのが、今度はさらわれて癒《いや》されたのね」

と、言った。

だが、それが最良の道なのかもしれない。まるで別のことで癒すのではなく、似たようなことがおこうを癒してくれれば、前の傷もふさがりやすいのではないか。

「上原さまは、代々、江戸詰めの藩士なんですって。しかも、上原さまのお母さまも町人の出で、けっこうざっかけない人柄らしいんですよ」

おこうはすっかり幸せそうな顔でそう言うのだった。

十一

「では、わたくし上原慎之介《しんのすけ》が読み上げさせていただきます」

さきほど、おこうが熱っぽい目で見つめた武士が、書付を手にして言った。

「どうぞ」

「竜之助さまは、おそらくゆったりした構えでこちらを見ているであろう」

まさにその通りだった。

「間合いはおそらくおよそ一間半」

これもその通りだった。

鷲尾が凄い剣客だったことは、この文だけでもわかる。

間合いこそすべて。そう言ってもいいくらい、立合いにおいて間合いは勝敗を決する要因となる。修業の足りぬ者、実戦に乏しい者、おのれの剣に自信のない者、それらはいちように間合いが遠くなる。

間合いは思い切って詰めなければならない。

だが、ある技量に達してしまうと、むしろ詰め過ぎることはしない。相手の剣に対し、いかようにも対応を取れるからだ。そのため、知り合い同士が道端で出会い、挨拶をするくらいの距離を取る。

およそ一間半。

まさにそうした距離だった。

「うかがってもよろしいですか」

と、竜之助は訊いた。

「はい」

「鷲尾どのの背丈は？　そして、身体つきはどうであったでしょう？」

「背丈は五尺二寸（約一五六センチメートル）ほどです」

剣客にしては小柄である。竜之助は見下ろす感じになる。

「無駄な肉はなく、痩《や》せておりました」

おぼろにそのようすが浮かんできた。

「どのようなご気性であられたのでしょう?」

「闊達《かったつ》なお人でした。町人や子どもにもわけへだてなく接し、誰からも好かれました。剣を取って向き合ったことがない者は、怖いなどとは露《つゆ》ほども思わなかったでしょう」

「なるほど」

「また、真面目で几帳面な方でもありました。一日の修業で気づいたことは覚書にし、机を片づけて、そこでようやく一息つかれる。そのときの充実したお顔つきは、いまも脳裏によみがえります」

と、上原は言った。いつわりなく、くわしく伝えようとする上原の言葉も、信頼できるものだった。

「素晴らしいお人だったのですね」

竜之助は納得した。

さらに相手の姿が浮かんできた。

白い陽炎《かげろう》のようだった。陽炎は飄然《ひょうぜん》と立っていた。気負いはまるでなかった。

弟子がつづきを読んだ。

「竜之助さまは風を探しはじめるだろう。ひゅうという音が響きだす。わしはその方角を見極め、風上へと足を動かす……」

竜之助は鷲尾正兵衛が右手にまわるのを感じた。前に立たれることによっていくぶん風の動きは変わったが、とらえた風は逃がしていない。まだ、ひゅうひゅうと悲しげな音で鳴きつづけている。

竜之助はそこで目を閉じた。

鷲尾正兵衛はまさに目の前にいた。息づかいどころか、肉が発する熱、かすかな骨のきしみすら感じられるほど、すぐ前にいた。

「わしは風を背に受けながら、倒れるように前に出る。剣はできるだけ動かさない。青眼から突きへ、それがもっとも無駄のない動きとなる。竜之助さまの剣が鳴きながら斜めに駆けあがってくるのが見えている。わしは躊躇《ためら》わず、そのまま剣を突き出していく……書付はここまでです」

目を開けた。

竜之助は剣をふるった。流星のように白い輝きが走った。

剣は鳴きやみ、残心の構えに変わった。

七人の男たちは息を詰めて見守っていた。

「どうでしょう？」

震える声で、上原が訊いた。

「勝負には時の運があります。だが、この勝負は六四でわたしが勝ったと思います」

と、竜之助は答えた。

言うまでもなく、嘘やはったりではない。鷲尾正兵衛が倒れるように前に出てきたとき、それがむしろ倒れるように出たゆえの欠点を感じたのである。

竜之助は、水のなかの魚が前に出るように、鳴きつづける剣とともに進んだ。

そのとき、ほんのわずかに右足を強く蹴ったのである。それで、鷲尾の剣の切っ先は、竜之助のこめかみを掠《かす》めて過ぎたはずだった。

そのときはすでに、風鳴の剣が鷲尾のろっ骨を切り裂いていた。

「そうでしたか」

と、上原はうなずいた。落胆の気配がある。

「ご不満は？」

と、竜之助は訊いた。

「いえ、ありません。師の鷲尾もおそらく満足していると思います」

上原がそう言うと、一同はうなずいた。

「墓地が決まったらお報せください。一度、線香を手向《たむ》けさせていただきます」

「なんと、おやさしいお言葉」

七人の弟子たちはいっせいにむせび泣いた。

別れぎわ、上原という男がそっと竜之助に近づき、

「田安家の御曹司が、本当に町方の同心をなさるのですか？　伊達《だて》や酔狂でなく？」

と、訊いた。

竜之助は微笑んで、

「ないしょに頼みますぜ」

と、言った。

十二

疲れたが、まだ金塊盗っ人のことが気になる。奉行所にもどると、人けのなくなった同心部屋に大滝がいた。

「よう、用はすんだかい？」

やさしげな声で訊いた。この人はときおり癇癪《かんしゃく》を起こすらしいが、なんとも言えずやさしげな問いかけをする。人のよさがにじみ出るのだろう。

「ええ」

「おめえの言うとおりだったぜ」

「そうですか」

やはり、寒中の泳ぎは、身体のためだったのだ。ただし、それが悪事の必須条件だった。

気づかれずに奪うためには、炉の裏っかたに隠れ、機を見て金塊を奪うと、大川を横切って逃げなければならない。

盗むことができるのはその瞬間だけだし、重い金塊を運び、対岸に移すためには夜の大川を泳がなければならなかった。

ところが、炉の裏っかたは凄まじい熱さが襲いかかる。そのあとには、氷のような大川を泳ぎ切らなければならない。

それには熱さと寒さに耐えられる身体をつくっておかなければならなかった。

湯屋で働いていたのも、おそらくはあの釜の前で熱さに耐える稽古をするためだったのだろう。

「梅助は、前にあの工房で職人として働いていたんだそうだ」

「そうでしたか」

「ただ、あまり腕はよくなかったので、兄貴分たちからはずいぶん苛《いじ》められたりもしたらしいな」

「なるほど」

「職人たちの世界も、そうきれいごとだらけじゃねえからな」

さんざん苛められたことへの仕返しだったのだろう。

繰り返される苛めと仕返し。それはそこらじゅういたるところに満ち満ちているような気がする。もちろん職人の世界にも。

腕一本で世を渡っていくいさぎよさ。おのれの技術に対する誇り。屁理屈は言わず、辛抱の末に摑み取る自信……職人気質のいいところは、しばしば耳にする。

だが、それはこの世のあらゆるものといっしょで、光が当たるいいほうの面なのだ。

「よう、福川」

与力の高田九右衛門がやって来た。

高田が現れると、大滝はそそくさといなくなってしまった。

「どうも玉坂屋のおこうは、肥前にいい男を見つけたらしいな」

と、高田は言った。

「え、もう聞いたのですか？」

恐ろしく早耳である。

おこうはついさっき、肥前藩士のもとから解放されたばかりではないか。

「玉坂屋に顔を出したら、ちょうどもどってきたところだったのさ」

「そうでしたか」

高田はぐるぐる動きまわっている。夜もこんな遅くまで、奉行所にいたりする。高田の閻魔帳《えんまちょう》はやはり、相当な努力の末につくられているものらしい。その努力が、みんなに喜ばれるものかどうかは別として。

「わしは、そなたとおこうを結びつけてやろうと思っていたのだが、当てがはずれたな」

「高田さま。おいらはまだ見習いですよ。とても嫁など持てる身分ではありませんから」

と、牽制した。いったん思い込むと、次々に縁談を見つけてきそうである。

——雲海和尚はさぞかしがっかりするだろう。狆海に言わせると、和尚は惚《ほ》れっぷりも凄いが、振られたときの気落ちのしかたがまた、みっともないほどなのだという。

「しかも、当たるんですよ。わたしなんかにも」

と、狆海は困った顔で言っていた。

大海寺にはしばらく近づかないでいよう、と竜之助は思った。

十三

翌朝——。

まだ明けきらぬうちに、竜之助は起こされた。素晴らしく艶っぽい夢がいきなり途切れた。

やって来たのは、師匠の柳生清四郎だった。ふだん温和な表情が、硬く張りついたようなものになっている。

「お師匠さま。どうなされた？」

「来てくれ」

なにか容易ならぬことが起きたのだ。

やよいとともに舟に乗った。

清四郎が舟を漕いだ。そのあいだも口を開こうとはしない。けっして寡黙《かもく》ではない清四郎の、その沈黙はよほどの事態の出来《しゅったい》を告げていた。

舟は海辺新田に着けられた。

小さな砂浜がある。やよいが、清四郎の弟子たちの稽古を見たところである。

そしてそこに、三つの遺体が横たわっていた。

遊び疲れた小魚が三匹並んでいるようにも見え、だからこそなおさら、酷《むご》く、哀れだった。

「なんという……」

竜之助はこの三人のことは知らない。だが、なにが起きたかはすぐに察知できた。

柳生全九郎のしわざだった。

歳は三人とも全九郎とそう違わない。そして、剣の腕も大人顔負けどころか、どこの道場に行って筆頭剣士と対峙しても、そうひけは取らない。清四郎が手塩にかけた秘蔵っ子たちである。

だが、それぞれ一刀のもとに斬り殺されていた。

「ああ」

やよいが胸をかきむしるように泣いた。

小屋のほうには書付も置かれていた。

風鳴の剣などというくだらぬ技を磨くこわっぱどもを斬り捨ててやった。

徳川竜之助はこれでもわたしと戦わぬというのか。

全九郎の凄まじい闘志と悪意が感じられた。

――なんということを……。

あの少年に、初めて強い憎しみと敵意を覚えた。

いままではどこかに共感や同情があった。だが、それは甘かったのだ。最強の敵。もっとも警戒すべき敵。

十三歳の少年であるとはもう思わないほうがいいのかもしれなかった。

「しかも、竜之助さま。ここは」

と、柳生清四郎は周囲を見るよううながした。

屋内ではなかった。

砂浜の先は荒涼たる枯れた萱《かや》の原だった。

そして、前方は広々とした海原だった。

空はなにもさえぎることがない、高く深い空だった。

――全九郎はここで戦ったのか……。

徳川竜之助は自分のほうが、広大無辺の迷いのなかに、置き去りにされた気がしていた。

本書は２００８年９月に小社より刊行された作品の新装版です。

双葉文庫

か-29-40

若《わか》さま同心《どうしん》　徳川竜之助《とくがわりゅうのすけ》【四】

陽炎《かげろう》の刃《やいば》〈新装版《しんそうばん》〉

2021年5月16日　第1刷発行

【著者】

風野真知雄《かぜのまちお》

【発行者】

箕浦克史

【発行所】

株式会社双葉社

〒162-8540 東京都新宿区東五軒町3番28号
［電話］03-5261-4818（営業）　03-5261-4833（編集）
www.futabasha.co.jp（双葉社の書籍・コミックが買えます）

【印刷所】

中央精版印刷株式会社

【製本所】

中央精版印刷株式会社

【フォーマット・デザイン】

日下潤一

ISBN978-4-575-67054-7 C0193
Printed in Japan

風野真知雄

幽霊の春

新・若さま同心　徳川竜之助　長編時代小説〈書き下ろし〉

町内のあちこちで季節外れの幽霊が出た。さらに、奇妙な殺しまで起きて……。大好評「新・若さま同心」シリーズ、堂々の最終巻！

風野真知雄

わるじい秘剣帖（一）じいじだよ

長編時代小説〈書き下ろし〉

元目付の愛坂桃太郎は、不肖の息子が芸者につくらせた外孫・桃子と偶然出会い、その可愛さにめろめろに。待望の新シリーズ始動！

風野真知雄

わるじい秘剣帖（二）ねんねしな

長編時代小説〈書き下ろし〉

孫の桃子と母親の珠子が住む長屋に越してきた愛坂桃太郎。いよいよ孫の可愛さにでれでれの毎日だが、またもや奇妙な事件が起こり……。

風野真知雄

わるじい秘剣帖（三）しっこかい

長編時代小説〈書き下ろし〉

「越後屋」への嫌がらせの解決に協力することになった愛坂桃太郎は、今日も孫を背中におぶり事件の謎解きに奔走する。シリーズ第三弾！

風野真知雄

わるじい秘剣帖（四）ないないば

長編時代小説〈書き下ろし〉

「越後屋」に脅迫状が届く。差出人はこれまでの嫌がらせの張本人で、店前で殺された男とも深い関係だったようだ。人気シリーズ第四弾！

風野真知雄

わるじい秘剣帖（五）なかないで

長編時代小説〈書き下ろし〉

桃子との関係が叔父の森田利八郎にばれてしまった愛坂桃太郎。事態を危惧した桃太郎は一計を案じ、利八郎を何とか丸めこもうとする。

風野真知雄

わるじい秘剣帖（六）おったまげ

長編時代小説〈書き下ろし〉

越後屋への数々の嫌がらせを終わらせることに成功した愛坂桃太郎だが、今度は桃子の母親・珠子に危難が迫る。大人気シリーズ第六弾！

風野真知雄　わるじい秘剣帖（七）　長編時代小説
やっこらせ　〈書き下ろし〉

「かわうそ長屋」に犬連れの家族が引っ越してきたが、なぜか犬の方が人間よりいいものを食べている。どうしてそんなことを……？

風野真知雄　わるじい秘剣帖（八）　長編時代小説
あっぷっぷ　〈書き下ろし〉

孫の桃子との「あっぷっぷ遊び」に夢中になる愛坂桃太郎。しかし、そんな他愛もない遊びが思わぬ危難を招いてしまう。シリーズ第八弾！

風野真知雄　わるじい秘剣帖（九）　長編時代小説
いつのまに　〈書き下ろし〉

珠子の知り合いの元芸者が長屋に越してきた。いまは「あまのじゃく」という飲み屋の女将で常連客も一風変わった人ばかりなのだ。

風野真知雄　わるじい秘剣帖（十）　長編時代小説
またあうよ　〈書き下ろし〉

「最後に珠子の唄を聴きたい」という岡崎玄蕃の願いを受け入れ、屋敷に入った珠子と桃太郎だが、思わぬ事態が起こる。シリーズ最終巻！

風野真知雄　わるじい慈剣帖（一）　長編時代小説
いまいくぞ　〈書き下ろし〉

あの大人気シリーズが帰ってきた！　目付に復帰したのも束の間、孫の桃子が気になって仕方がない愛坂桃太郎は江戸への帰還を目論むが。

風野真知雄　わるじい慈剣帖（二）　長編時代小説
これなあに　〈書き下ろし〉

孫の桃子を追って八丁堀の長屋に越してきた愛坂桃太郎。大家である蕎麦屋の主に妙に気に入られ、次々と難珍事件が持ち込まれる。

風野真知雄　わるじい慈剣帖（三）　長編時代小説
こわいぞお　〈書き下ろし〉

川沿いの柳の下に夜な夜な立つ女の幽霊。桃子の夜泣きはこいつのせいか？　愛坂桃太郎は、可愛い孫の安寧のため、調べを開始する。

風野真知雄
わるじい慈剣帖（四）
ばあばです
長編時代小説〈書き下ろし〉

長屋の二階から忽然と消えたエレキテル。没収しようと押しかけた北町奉行所の捕り方たちも目を白黒させるなか、桃太郎の謎解きが光る。

風野真知雄
わるじい慈剣帖（五）
あるいたぞ
長編時代小説〈書き下ろし〉

長屋にあるエレキテルをめぐり対立してきた北町奉行所の与力、森山平内との決着の時が迫る！　愛する孫のため、此度もわるじいが東奔西走。

風野真知雄
若さま同心　徳川竜之助【一】
消えた十手
長編時代小説

徳川家の異端児　同心になって江戸を駆ける！　剣戟あり、人情あり、ユーモアもたっぷりの傑作時代小説シリーズ、装いも新たに登場!!

風野真知雄
若さま同心　徳川竜之助【二】
風鳴の剣
長編時代小説

憧れの同心見習いとなって充実した日々を送る竜之助の身に、肥後新陰流を操る凄腕の刺客たちの影が迫りくる！　傑作シリーズ第二弾！

風野真知雄
若さま同心　徳川竜之助【三】
空飛ぶ岩
長編時代小説

徳川竜之助を打ち破り新陰流の正統を証明せんと、稀代の天才と称される刺客が柳生の里からやってきた。傑作シリーズ新装版、第三弾！

金子成人
ごんげん長屋つれづれ帖【一】
かみなりお勝
長編時代小説〈書き下ろし〉

根津権現門前町の裏店を舞台に、長屋の人情や親子の情をたっぷり描く、くすりと笑えてほろりと泣ける傑作人情シリーズ、注目の第一弾！

金子成人
ごんげん長屋つれづれ帖【二】
ゆく年に
長編時代小説〈書き下ろし〉

長屋の住人で、身重のおたかが倒れてしまった。周囲の世話でなんとか快方に向かうが、亭主の国松は意外な決断を下す。落涙必至の第二弾！

坂岡真　はぐれ又兵衛例繰控《れいくりびかえ》【一】　長編時代小説
駆込み女　〈書き下ろし〉

南町の内勤与力、天下無双の影裁き！「はぐれ」と呼ばれる例繰方与力が頼れる相棒と悪党退治に乗りだす。令和最強の新シリーズ開幕！

坂岡真　はぐれ又兵衛例繰控《れいくりびかえ》【二】　長編時代小説
鯖断《さばだ》ち　〈書き下ろし〉

長元坊に老婆殺しの疑いが掛かった。南町の協力を得られぬなか、窮地の友を救うべく奔走する又兵衛のまえに、大きな壁が立ちはだかる。

佐々木裕一　新・浪人若さま 新見左近【一】長編時代小説
不穏な影　〈書き下ろし〉

浪人姿に身をやつし市中に繰り出し悪を討つ。その男の正体は、のちの名将軍徳川家宣——。大人気時代小説シリーズ、双葉文庫で新登場！

佐々木裕一　新・浪人若さま 新見左近【二】長編時代小説
亀の仇討ち　〈書き下ろし〉

権八夫婦の暮らす長屋に仇討ちの若い兄妹が転がり込んでくる。仇を捜す兄に助力を申し出た左近だが、相手は左近もよく知る人物だった。

佐々木裕一　新・浪人若さま 新見左近【三】長編時代小説
夫婦剣《めおとけん》　〈書き下ろし〉

米問屋ばかりを狙う辻斬りが頻発する中、小五郎の煮売り屋を訪れるようになった中年の旅の夫婦。二人はある固い決意を胸に秘めていた。

佐々木裕一　新・浪人若さま 新見左近【四】長編時代小説
桜田の悪　〈書き下ろし〉

闇将軍との死闘で岩倉が深手を負った。小五郎たちの必死の探索もむなしく焦りを募らせる左近をよそに闇将軍は新たな計画を進めていた。

佐々木裕一　新・浪人若さま 新見左近【五】長編時代小説
贋作小判《がんさくこばん》　〈書き下ろし〉

改鋳された小判にまつわる不穏な噂と偽小判の存在を知った左近。市中の混乱が憂慮されるなか、老侍と下男が襲われている場に出くわす。

佐々木裕一
新・浪人若さま 新見左近【六】
恨みの剣
長編時代小説〈書き下ろし〉
同じ姓の武家ばかりを狙う辻斬りが現れた。下手人は説得に応じず問答無用で斬り捨てるという。冷酷な刃の裏に潜む真実に、左近が迫る！

芝村涼也
北の御番所 反骨日録【一】
春の雪
長編時代小説〈書き下ろし〉
男やもめの屁理屈屋、道理に合わなければ上役にも臆せず物申す用部屋手附同心・裄沢広二郎の奮闘を描く、期待の新シリーズ第一弾。

千野隆司
おれは一万石
長編時代小説〈書き下ろし〉
一俵でも石高が減れば旗本に格下げになる、ぎりぎり一万石の大名、下総高岡藩井上家に婿入りした十七歳の若者、竹腰正紀の奮闘記！

鳴神響一
エスパーニャのサムライ
天の女王
長編歴史活劇
十七世紀、無敵の帝国エスパーニャにとどまった伊達家のサムライが武士の誇りをかけて巨悪を斬る。とにかく痛快!! 冒険活劇ロマン。

鳴神響一
花房英之介【一】
おんな与力
長編時代小説〈書き下ろし〉
剣は凄腕、才気煥発。江戸中の町娘を虜にする美男与力、花房英之介の正体は「おんな」だった!? 乙女心をひた隠し、凛として悪を討つ！

鳴神響一
花房英之介【二】
おんな与力
長編時代小説〈書き下ろし〉
北町奉行所で活躍する英之介のもとに幼馴染、熱田雄之進が同輩を殺め、捕らえられたとの報せが。窮地の友を救うべく、麗し与力がひた走る！

幡大介
八巻卯之吉 放蕩記
大富豪同心
長編時代小説〈書き下ろし〉
江戸一番の札差・三国屋の末孫の卯之吉が定町廻り同心になった。放蕩三昧の日々に培った知識、人脈、財力で、同心仲間も驚く活躍をする。